AF476702

DE LA GONORRHÉE

CHRONIQUE ET RÉCENTE,

ET

DE LA LEUCORRHÉE ET FLEURS BLANCHES.

DE LA MANIÈRE

DE LES GUÉRIR PROMPTEMENT ET RADICALEMENT

PAR UN PROCÉDÉ TOUT-A-FAIT NOUVEAU ET INCONNU.

Par F. Tadini,

DOCTEUR EN MÉDECINE ET CHIRURGIE, GRADUÉ DE L'UNIVERSITÉ DE PAVIE,
ET AUTEUR DE PLUSIEURS OUVRAGES DE MÉDECINE.

PARIS.

CHEZ L'AUTEUR, RUE GAILLON, N°. 21.

1836.

PRÉFACE.

La première édition de notre mémoire sur la pathologie et le traitement que nous employons exclusivement depuis des années pour la guérison des différentes espèces d'écoulemens connus sous le nom de gonorrhées, blenorrhagies, leucorrhées, fleurs blanches, etc., ayant été promptement enlevée, nous faisons paraître une seconde édition augmentée de plusieurs cas assez remarquables d'écoulemens urètraux-siphilitiques (1) dont les symptômes caractéristiques et spéciaux n'ont jamais manqué de se présenter, et de se faire distinguer ainsi (2) des écoulemens simplement gonor-

(1) Il est bien entendu que par écoulemens urètraux siphilitiques, nous entendons simplement les écoulemens accompagnés de chancre urétral, et nous sommes bien loin de comprendre sous cette définition la blennorrhagie ou gonorrhée aigüe ou virulente, caractérisée par des écoulemens abondans, érections fréquentes et douloureuses, strangurie et tenesme, ce que beaucoup de médecins appellent encore à présent gonorrhée ou blennorrhagie siphilitiques.

(2) Nous croyons avoir été les premiers à préciser les symptômes pathoghomoniques distinctifs des écoulemens siphilitiques de l'urètre. Bell avait déjà observé leur existence, sans pourtant en avoir connu les signes caractéristiques.

rhéiques, dont le virus est d'une nature tout-à-fait différente et jamais capable de donner naissance aux chancres, exostoses, et douleurs ostéocopes. — Les cas que nous avons observé sont si nombreux et significatifs, que nous les croyons plus que suffisans à démontrer qu'il existe un virus générateur de la gonorrhée et de la leucorrhée, et un virus générateur du chancre, exostoses et autres symptômes de la siphilis constitutionnelle; et que ces deux différentes affections se distinguent toujours par des symptômes caractéristiques et spéciaux qui rendent leur diagnostique facile et sûr, et leur traitement bien plus simple (1) et rapide dans ses résultats.

Nous croyons que les observations que renferme notre mémoire acquièrent dans ce moment encore plus d'importance, ayant vu par les discussions qui eurent lieu l'année passée à ce sujet, soit à l'Académie royale de médecine, soit à la société royale de médecine de Nantes, combien sont encore partagées en France les opinions sur la nature et le traitement de ces deux différentes affections. (2)

(1) J'ai vu dernièrement l'ordonnance d'un médecin de la Capitale qui prescrivait contre un écoulement urètral chronique, l'emploi simultané des sangsues, frictions mercurielles, cubebs, et injections saturnines. *Traitement monstrueux* et plein de dangers, l'action de tels médicamens étant opposée l'une à l'autre.

(2) *Voir* la séance de l'Académie royale de médecine, du 29 décembre 1834 et suivantes, et les séances tenues à la société royale de Nantes, pendant le mois de juillet 1833, et dont les

Les discussions des deux savantes académies avaient pour but principal l'examen de la prétendue prépondérance du traitement antiphlogistique sur l'application du mercure dans la cure de la siphilis. — La docte Académie parisienne n'a touché que très légèrement sur la différence du virus siphilitique et gonorrhéique. — M. Cullerier a seulement avancé *que la blennorrhagie a sa contagion propre et qu'elle n'est pas vénérienne, et qu'on n'emploie jamais le mercure pour la guérir* M. Ricord, dans une lettre très remarquable qu'il adressa à ce sujet au président de la société de Nantes a été plus explicite et a soutenu que ses nombreuses expériences l'autorisaient à déclarer que l'inoculation du pus de la gonorrhée n'engendre jamais des chancres, et que *les observations rapportées contre cette assertion par les auteurs ne pouvaient avoir aucune valeur, car n'ayant pas examiné la muqueuse de l'urètre, comme on fait du vagin à l'aide du speculum, on ne pouvait pas assurer que la membrane urètrale fût exempte de chancres* (1); tout de même, il n'est pas à notre connaissance que M. Ricord ait publié quelque part d'avoir observé dans sa pratique les symptômes qui

éditeurs de *la Gazette médicale* (3 décembre 1835), ont dit : *la discussion n'avoir converti personne, et le langage de chaque interlocuteur être resté le même à-peu-près à la fin qu'au commencement du congrès.*

(1) Lettre de M. Ricord, insérée dans *la Gazette médicale* du 22 août 1835.

caractérisent l'existence simultanée de la blennorrhagie et du chancre urètral. Nous sommes arrivé à quelque chose de plus positif, nous avons observé l'existence simultanée de la gonorrhée et du chancre urètral, et nous avons enregistré les symptômes qui l'accompagnent; nous avons observé aussi plusieurs cas de simples écoulemens entretenus par la présence du chancre urètral, et que nous appelons par conséquent écoulemens siphilitiques; presque tous nos cas ressemblent parfaitement aux troisième et quatrième observations de M. Cullerier, publiées par M. Lagneau. (1) Ces deux praticiens les avaient publiées comme une preuve que la gonorrhée pouvait quelquefois engendrer la siphilis. Ce n'était qu'un écoulement entretenu par la présence du chancre urètral qui avait inoculé la siphilis aux deux femmes en question.

Les écoulemens siphilitiques de l'urètre sont toujours très bénins, le pus n'est jamais abondant; on ne voit jamais ni érections douloureuses, ni émissions pénibles et fréquentes des urines. — Le jeune homme qui avait donné dans le même temps la vérole à deux sœurs avait depuis six mois un écoulement si bénin, dit M. Cullerier, (2) qu'il ne voulut pas même se faire traiter, croyant que ce fût un simple échauffement. — Nos lecteurs trou-

(1) *Exposé des symptômes de la maladie vénérienne*, etc., page 29. — Paris, chez Gabon, 1818.

(2) Lagneau, ouvrage cité, page 19.

veront dans le cours de cet ouvrage, à l'article *Ecoulemens siphilitiques de l'urètre*, plusieurs cas de cette nature; deux entr'autres étaient si peu affectés de leur état morbide, qu'ils ne sont venus chercher à se faire guérir que lorsqu'ils étaient pour se marier.

Mais ce qui arrive encore le plus souvent, disent toujours un grand nombre d'écrivains (1), qui d'ailleurs ne connaissaient pas l'usage du speculum; *ce sont les cas nombreux d'hommes qui se trouvèrent infectés de vérole après avoir eu communication avec des femmes qui n'avaient que de simples écoulemens.* On explique facilement l'inexactitude, ou pour mieux dire, l'erronéité des faits et phénomènes en question, par la difficulté de découvrir sans speculum les chancres bénins du fond du vagin; et à ce sujet je rapporterai ici un fait qui est tombé sous mon observation, et par lequel on aurait pu de même avancer qu'il pouvait aussi arriver que quelqu'un contracta des chancres d'une femme qui n'aurait jamais eu ni écoulemens ni chancres.

Au commencement de juillet 1834, M. P., étranger, vint me consulter pour deux ulcères qu'il avait au prépuce depuis trois jours, et qu'il ne pouvait pas concevoir être de nature siphilitique, car il ne voyait à Paris qu'une seule dame qui par sa manière de vivre et sa situation sociale, ne sem-

(2) Hunter, Svediaur, Fritz, Monteggia, etc.

blait pas être en danger d'avoir des communications avec des personnes infectées de vérole; mais c'était la seconde fois qu'il lui arrivait de se trouver avec des chancres après avoir joui des faveurs de la belle citoyenne. La première fois, il ne fit pas grande attention au morbide phénomène; il en fut guéri dans une vingtaine de jours par les cautérisations et par l'usage du calomel. Le médecin qui l'avait traité n'avait pas décidé si c'étaient des excoriations ou des chancres. La *faire Lady* déclarait d'ailleurs n'avoir jamais eu ni écoulemens, ni douleurs ou cuissons dans les parties; sa figure belle et fraîche comme une rose, n'avait en vérité changé en rien : sa nourriture, son exercice, son humeur étaient toujours les mêmes; aussi elle ne manquait pas de se moquer des frayeurs de son jeune favori. Mais quand ce fut la seconde fois que le jeune homme se vit avec des nouvelles ulcérations au gland, sans avoir vu d'autres femmes; il désira que la dame se fit explorer par un médecin, car sans cela, il entendait couper toute intimité avec elle.

La belle consulta un chirurgien anglais qui l'explora sans speculum, et la déclara saine comme une Pénélope. Malgré tout cela, M. P. n'était pas tranquille et désirait mon opinion; mon avis fut d'attendre trois ou quatre jours pour mieux s'assurer de la nature des ulcères du gland, après quoi, les ayant examinés à la loupe, je vis qu'il n'y avait plus à douter de leur nature siphilitique ; je proposais en conséquence le traitement du calomel et de la cautérisation. Quant à la dame ; je pensais qu'elle devait être infectée de chancres vaginaux, ce qu'on aurait pu facilement découvrir par le moyen du speculum. La personne en question ne tarda pas d'arriver ; le speculum découvrit bientôt deux petits chancres dans les plis de la partie gauche inférieure du vagin ; ils étaient bordés et insensibles ; ils ne devaient donner que très peu de pus ; ils disparurent après deux mois de calomel (1) et trois cautérisations. Ainsi, c'était bien vrai que la dame n'avait ni écoulement, ni cuissons, ni peines d'aucune nature dans les parties, et que tout de même se trouvait infectée de vérole, et pouvait facilement communiquer la maladie à qui jouissait de ses faveurs. Les deux chancres existaient depuis sept à huit mois ; la grande propreté locale, le tempérament sain et robuste, et la nature bénigne surtout du virus siphilitique (car tout me prouve que dans la siphilis aussi, il y en a de nature bénigne et maligne), avaient été les causes qui rendirent la marche des chancres stationnaire. Supposons à présent que cette dame, dans ses escapades sentimentales, eut attrappé pendant l'existence de ses deux chancres, une bonne *chaude-pisse* ; est que dans ce cas notre belle n'aurait pas pu communiquer les deux affections ensemble à ses favoris?

(1) Trois grains tous les deux jours.

En douter seulement, nous croyons que ce serait faire mauvais usage de l'intelligence ; l'expérience ne manque pas de démontrer qu'on rencontre très souvent chez les femmes, les deux affections réunies, c'est-à-dire, *chancres et gonorrhée*. Nous en appelons, à ce sujet, aux chirurgiens chargés de visiter les filles publiques; notre pratique nous en a présenté un grand nombre. Les filles errantes de Paris se cachent de la police quand elles se trouvent malades, mais elles n'exercent pas moins leur trafic clandestin et répandent ainsi à droite et à gauche, la siphilis et la gonorrhée. Si la femme peut donc recevoir les deux infections à-la-fois; pourquoi l'urètre de l'homme ne pourrait-il pas à son tour recevoir aussi l'inoculation de deux virus à-la fois. A la vérité, grande fut notre surprise, quand nous avons entendu, dans les discussions de l'Académie de médecine, une des plus grandes capacités médicales, annoncer que la double infection siphilitique et blennorrhagique était une théorie paradoxale indigne d'être réfutée (1).

Mais il restait à désigner les symptômes qui manifestaient la présence du chancre urètral, et dis-

(1) Il n'est pas de praticiens qui n'ait vu après la guérison d'une chaude-pisse survenir des symptômes consécutifs. Bell a essayé d'expliquer le fait en disant qu'il y avait dans ce cas double infection, blennorrhagique et siphilitique ; *théorie paradoxale qui ne vaut pas la peine qu'on la réfute.* — Séance de l'Académie royale de médecine, du 29 décembre 1834.—*Gazette médicale* du 3 janvier 1835.

tinguer ainsi les écoulemens siphilitiques des écoulemens gonorrhéiques. Nous croyons avoir été les premiers à les reconnaître et les publier. Nos lecteurs les trouveront à l'article écoulemens siphilitiques de l'urètre.

La partie qui est relative à la pathologie et à la méthode curative des écoulemens du vagin et de la matrice, a acquis dans cette nouvelle édition un grand développement.

Les observations que nous avons recueillies en grand nombre sur ce sujet en France, nous les devons à la facilité qu'on rencontre dans ce pays de se servir du speculum pour l'exploration du vagin et de la matrice En Angleterre, cette opération si innocente et facile, nous fut toujours refusée même par les filles de la plus malheureuse condition, et c'est spécialement à cette cause que nous devons le peu d'étendue que nous fûmes forcés de donner à nos recherches sur ce genre de maladies, lors de notre séjour en Angleterre.

Les succès que nous avons constamment obtenus par les injections de la préparation anti gonorrhéique et dans le vagin, et dans la matrice, dans la leucorrhée, ont été si rapides et réguliers, que nous pouvons avancer, que les écoulemens chroniques du vagin et de la matrice qui étaient jusqu'ici considérés comme très rebelles, et de guérison presque impossible (1) se dissipent par notre

(1) M. Lagneau fait remarquer que ces écoulemens sont très

traitement bien plus rapidement que chez l'homme, et que pas un seul cas jusqu'à présent n'a résisté à notre traitement.

L'application du speculum dans les cas de leucorrhées chroniques nous a toujours présenté en grand nombre, et dans le fond du vagin, et à la bouche de la matrice, et à son col les excoriations superficielles et papuleuses que nous avions décrites dans notre première édition. Une légère cautérisation avec le nitrate d'argent, et les injections répétées pendant quelques jours, n'ont jamais manqué de tout dissiper; les cas qui présentaient simultanément chancres et leucorrhée, furent soumis au double traitement mercuriel et d'injection locale. Nos observations au sujet des chancres, même les plus bénins, nous ont conduit à les traiter toujours avec le calomel pris en petites doses répétées chaque jour, sans quoi, un ou deux ans après on se trouve attaqué par les symptômes de la siphilis universelle; et à ce propos on trouvera quelques observations sur les dangers de l'inoculation du virus siphilitique que quelques-uns prétendent pouvoir

difficiles à arrêter complétement et qu'ils se renouvellent souvent lorsqu'on les avait guéris. — *V.* Lagneau, op. cit page 78.

M. Ricord a observé dans sa pratique, que sur cent femmes affectées de gonorrhée récente, quarante passent à l'état chronique, et soixante guérissent en vingt jours, en un ou deux mois.

Voir *Journal des Connaissances Médico-Chirurgicales*, quatrième livraison, décembre 1833, article *Blennorrhagie*.

exécuter sans danger. La brochure termine par quelques mots sur les dangers de surcharger le système lymphathique de mercure, et de la manière de l'employer avec sûreté et succès dans la siphilis invétérée, accompagnée d'exostoses et ulcères phagedéniques.

DE LA GONORRHÉE

CHRONIQUE ET RÉCENTE,

ET DE LA LEUCORRHÉE ET FLEURS BLANCHES.

DE LA GONORRHÉE AIGUE OU BLENNORRHAGIE VIRULENTE.

On a, dans ces derniers temps, porté si loin la manie de changer et rechanger les noms des maladies, que la gonorrhée, après avoir été nommée blennorrhée, blennorrhagie, on l'a voulu encore appeler urètrite, catharre urètral, etc. Nous avons jugé de ne pas nous éloigner de son ancienne dénomination, tant plus que c'est toujours sous le nom de gonorrhée qu'on désigne cette maladie, soit en Angleterre, soit en Italie, soit en Allemagne.

Notre pratique, depuis 14 ans, ne nous a présenté que deux sortes de gonorrhée, l'aigüe et la bénigne, ou la virulente et la légère; l'une et l'autre ne sont jamais spontanées, elles sont toujours l'effet de l'infection. Nous n'avons jamais observé la gonorrhée décrite par le célèbre Sauvages, sous le nom de *gonorrhea pura*, engendrée, dit-il, par l'abus de la bière (1), mais nous avons observé les écoulemens prostatiques et les écoulemens entretenus par la présence du chancre urètral ; nous avons aussi rencontré quelques cas d'urètrite chez les jeunes gens par suite de la manustupration.

Nos premières observations sur l'application de la préparation en question, dans le traitement de la gonorrhée et de la leucorrhée eurent lieu en Angleterre. Le célèbre docteur Brodie, chirurgien du roi d'Angleterre, le docteur James Sommerville, le docteur Duncan, le docteur Gregory et plusieurs autres médecins de la plus haute distinction, furent témoins oculaires des résultats rapides et constans obtenus par notre préparation, de préférence à toute autre méthode. Le docteur Brodie était même si persuadé de l'importance de cette préparation

(1) *Est seminis effluxus ex uretra in viris sine disceria ac libidine, neque ab impuro concubitu dependens ; talem excitant abusus cerevisiæ (quæ sanatur potu aquæ vitæ, etc.)*— Sauvages, *Nosologie, classis IX*, Serifluxus, pag. 212. — Venetiis, 1783.

qu'ayant entendu, en 1826, que j'avais le projet de faire un voyage dans l'Amérique du Sud, il me fit appeler chez lui et en présence du docteur Sommerville, me conseilla de laisser en dépôt chez quelque personne de confiance la description des ingrédiens composant la préparation en question, car, disait-il, on avait déjà perdu une fois un médicament doué d'une semblable propriété, et dont l'inventeur, le docteur King, membre du collége des médecins de Londres, ne laissa aucune notice sur sa composition, ayant été trouvé mort un beau matin dans son lit, sans qu'on eut aucune connaissance des causes de sa mort.

Nous commencerons par rapporter les résultats que nous avons aisément obtenus dans le traitement des gonorrhées chroniques, dont le plus grand nombre avait résisté pendant des années à tous les traitemens.

Nous avons préféré de faire précéder les observations sur la gonorrhée chronique, soit par considération de leur importance, soit parce que dans le fait, ce fut précisément sur la gonorrhée chronique que nous fîmes nos premières recherches, et que nous obtinmes aussitôt des résultats inconnus jusqu'alors.

Ier. CAS. — *Londres*, 20 *avril* 1824, gonorrhée maligne; le sieur P. R., tailleur, arrivé en Angleterre depuis quelques jours, vint me voir pour me consulter sur un écoulement urètral qui le gênait depuis trois ans, et qui avait résisté à tous les traitemens qu'il avait employé soit en Italie, soit en France. Ce jeune homme, de l'âge de vingt à vingt-deux ans, avait passé deux années à Paris, où il avait vécu assez en libertin, ne se soumettant que de temps à autre pour quinze jours à un traitement, c'est-à-dire, quand par suite de nouveaux excès il éprouvait des cuissons tout le long de l'urètre. — Il avait avalé beaucoup de baume copahu en Italie. En France, il avait pris tisanes sur tisanes, potions sur potions, injections de toutes sortes; l'inflammation s'en allait au bout de quelques jours, mais l'écoulement persistait toujours. Depuis son arrivée à Londres, il s'était livré à de nouveaux désordres. Aussi son écoulement était augmenté, il éprouvait de la douleur au périnée pendant l'émission des urines, ainsi que des cuissons dans le gland.

Examiné, il présentait écoulement abondant d'une matière épaisse, verdâtre, l'urètre était tendu et douloureux à la compression, son orifice rouge et enflammé. Les glandes inguinales n'avaient jamais été engorgées; le malade avait bonne mine et bon appétit. C'était plutôt la peur que cet écoulement perpétuel eût à la longue des suites fâcheuses qui l'avait décidé à demander mes conseils, que son état morbide actuel. Je lui conseillai de commencer tout de suite les injections et de les répéter sept ou huit fois dans la journée, ayant soin de retenir, chaque fois, quatre ou cinq minutes le liquide dans l'urètre, sans faire usage d'ailleurs de tisane ni de médicamens d'aucune autre espèce, et s'abstenir du coït ainsi que de tout exercice violent. L'écoulement cessa entièrement dans l'espace de huit jours. L'urine venait à plein canal et sans aucune douleur. Il ne voulait plus entendre parler d'injections. Quatre ou cinq jours après l'écoulement revint; il fut aussitôt me voir pour me demander de la préparation. Il continua pendant encore une vingtaine de jours à faire des injections trois fois par jour. L'ayant bien examiné, vers la fin de mars, j'ai trouvé que cette épaisseur de l'urètre, qu'on rencontre toujours dans la gonorrhée chronique, était tout-à-fait dissipée; la chemise qu'il portait depuis trois jours ne présentait plus de taches. La compression de l'urètre ne faisait sortir aucune mucosité; *la grosse goutte du matin* non plus ne s'était jamais présentée. Cet individu a été me consulter à Paris, le mois de février 1831, pour une gonorrhée, qu'il avait contractée après avoir passé en revue plusieurs des courtisanes ambulantes du boulevart. Cette gonorrhée, qui était assez aiguë, et même accompagnée d'inflammation et d'engorgement prononcé de la prostate, a été aussi traitée et promptement guérie par les injections de ma préparation, et deux bains chauds.

IIe. Cas. — *Londres*, 20 novembre 1826. M. B..., mon compatriote, m'adressa à cette époque un jeune Anglais qui arrivait de Paris, où il avait contracté une gonorrhée qui avait résisté pendant un mois à l'usage de beaucoup de remèdes. Les symptômes inflammatoires étaient disparus dès les premiers quinze jours, mais il lui restait toujours un écoulement urètral épais, verdâtre, et assez abondant; il était très-chagrin d'être forcé de se rendre à Cambridge, sans être débarrassé de cette maladie. Examiné, il présentait écoulement urètral épais, verdâtre, qui laissait, chaque vingt-quatre heures, des taches nombreuses sur la chemise; l'érection ainsi que l'excrétion des urines n'étaient accompagnées d'aucune peine; l'urètre pourtant était dans cet état de tension et de grosseur qu'on observe toujours dans la gonorrhée chronique. Je lui conseillai d'user tout de suite des injections urètrales, huit fois par jour, pendant quatre jours consécutifs, sans changer en rien sa manière de vivre. M. D... vint me revoir cinq ou six jours après pour me demander une autre petit flacon. L'écoulement était terminé. Seulement le matin, en comprimant l'urètre, il voyait sortir une grosse goutte d'une matière jaunâtre, épaisse comme de la crème. Je lui conseillai de continuer les injections encore pendant dix ou quinze jours, mais seulement matin et soir.

Avant de partir pour Cambridge, M. D.. vint me trouver de nouveau pour avoir de la préparation, qu'il désirait emporter avec lui au collége afin d'éviter tout accident Il me dit, dans le même temps, que son écoulement n'était plus revenu, quoiqu'il eût fait des excès et de table et de lit. Ce monsieur a encore contracté d'autres gonorrhées ; il ne s'est jamais traité qu'avec les injections urètrales, et il s'est trouvé toujours promptement guéri. C'était un homme qui avait le cervelet très-développé,

IIIe. Cas. — *Londres*, 10 janvier 1829. Le sieur M..., cuisinier chez un artiste très-distingué du Théâtre-Italien de Londres, ayant entendu parler de l'efficacité du médicament qui est l'objet de cette dissertation, vint me consulter pour savoir si l'application de ma préparation pouvait convenir à son cas. Visité, j'ai rencontré écoulement urètral abondant, d'une matière jaune et épaisse, qui laissait des taches relevées sur la chemise ; il n'avait ni difficulté, ni peine dans l'émission des urines, ni douleur dans l'érection, malgré que l'urètre fût assez tendu et bien plus gros que dans l'état normal. Cet écoulement existait depuis trois ans. Il avait éprouvé, au commencement de l'infection, un peu d'engorgement aux glandes inguinales, qui avait bientôt cédé au traitement qu'on lui avait conseillé à Paris.

Cet individu m'a assuré avoir subi un grand nombre de traitemens, qui lui furent conseillés par les médecins les plus recommandables. Il avait pris une grande quantité de décoction de salsepareille, et plusieurs sels mercuriels, mais toujours sans résultat. L'écoulement diminuait, mais il ne disparaissait pas; c'étaient toujours cinq ou six grosses taches sur la chemise chaque vingt-quatre heures. S'il faisait une partie de campagne, s'il se permettait le plus léger écart de régime, s'il passait la nuit avec une femme, l'écoulement était énorme. Malgré tout cela, la santé générale n'a pas été attaquée, la digestion a été toujours bonne, aucune ulcération, aucun exostose ne s'est jamais développé.

Je lui ai conseillé de faire usage tout de suite des injections, ayant soin de retenir le plus long-temps possible le liquide dans l'urètre. Après huit jours d'injections répétées quatre ou cinq fois par jour, l'écoulement avait cessé. Se croyant déjà parfaitement guéri, il n'a pas voulu continuer les injections. Huit jours après, l'écoulement est reparu ; il vint bientôt me voir, pour me demander de la préparation. Il continua ainsi encore, pendant douze à quinze jours les injections, après quoi il se trouva radicalement guéri. L'ayant visité quelques jours après, la corde urètrale était tout-à-fait dissipée et revenue à l'état normal. Ce cas est extraordinaire pour la quantité de pus qu'on avait vu sortir de l'urètre. Je pense que la membrane muqueuse ne devait être qu'une spongiosité informe. Malgré tout cela, la guérison a été rapide et parfaite. J'ai encore rencontré cet individu le 15 février 1834, à Paris ; il venait d'Italie avec son maître. L'ayant interrogé si l'écoulement avait reparu après mon départ de Londres, il m'a répondu que depuis le mois de février 1829, il n'avait plus souffert d'écoulement urètral.

IVe. Cas. — *Paris*, 20 juin 1831. Un jardinier, âgé de quarante-six ans, me fut adressé par M. le docteur Moncourier, un des médecins les plus distingués de la capitale, à qui j'avais eu l'honneur d'être présenté par M. Balin, chirurgien, et de lui parler de mon invention pour la cure de la gonorrhée. Cet homme, qui avait été militaire, se trouvait affecté d'écoulement urétral depuis vingt ans. Il s'était marié, et sa femme s'est bientôt vue affectée d'écoulement vaginal. Deux ou trois fois il avait été attaqué d'orchitis (inflammation des testicules), qui s'était dissipée sous un traitement approprié, sans que l'écoulement urètral eût éprouvé aucun changement remarquable.

Il avait été soumis, à différens intervalles, à une grande variété de traitemens, soit dans les hôpitaux, soit chez lui, mais sans résultat. Aucun symptôme de siphilis ne s'était développé pendant ce long espace de temps. L'écoulement augmentait sensiblement s'il prenait quelques verres de vin de plus, où s'il se permettait d'aller le dimanche faire une promenade jusqu'à Sèvres ou à Saint-Cloud.

Examiné, il présentait écoulement urètral

abondant, avec tension et sensibilité de l'urètre, et rougeur à son orifice ; la matière de l'écoulement verdâtre, épaisse; les glandes inguinales dans l'état normal ; l'émission des urines facile, mais accompagnée d'une sensation de cuisson à la fosse naviculaire et à l'orifice de l'urètre. Je lui ordonnai de commencer tout de suite les injections, que moi et le docteur Balin lui apprîmes à faire, et de les répéter cinq ou six fois par jour, pendant cinq ou six jours, puis revenir nous voir. Je lui défendis de voir sa femme, et je lui donnai une bouteille pour faire aussi à elle des embrocations au vagin, avec de la charpie trempée dans la préparation.

Six jour après notre jardinier vint chez le docteur Balin. L'écoulement était sensiblement diminué. On lui a donné encore de la préparation. Au bout de vingt jours il était parfaitement guéri. Je l'ai examiné en présence du docteur Balin : l'urètre avait repris son état mou et membraneux ; une compression continuée ne faisait plus rien sortir. Sa femme était aussi libre tout-à-fait. Nous avons envoyé le malade chez M. le docteur Moncourier, pour qu'il vérifiât le changement survenu.

Le cas de ce jardinier est le plus remarquable que j'ai observé pendant l'espace de huit années. En Angleterre, on l'aurait considéré comme tout-à-fait incurable. En France, il ne lui restait plus qu'à se soumettre à la suppuration urètrale moyennant la cautérisation. Ce cas m'a prouvé jusqu'à l'évidence que le virus gonorrhoéique peut séjourner long-temps dans l'urètre sans apporter aucun désordre dans l'économie animale. Cette gonorrhée a dû être de son commencement ce que j'appelle gonorrhée maligne.

V^e^. Cas. — *Paris*, 25 mai 1833. Un maître tailleur étranger, ayant entendu, d'une de ses pratiques, parler de ma préparation, vint me consulter aujourd'hui pour savoir si mon médicament aurait pu le débarrasser d'une gonorrhée qui le molestait depuis neuf mois. Cet individu, âgé de 26 à 28 ans, vivait maritalement depuis un an avec une jeune femme qui avait un écoulement vaginal. Examiné, j'ai trouvé l'urètre très tendu, volumineux et douloureux à la compression; son orifice était aussi rouge et enflammé. Le passage des urines se faisait avec facilité, mais il excitait des cuissons dans le gland. Cet homme était très effrayé des suites qu'une telle maladie pouvait avoir, plutôt que des symptômes présens. Il avait appliqué plusieurs fois les sangsues le long de l'urètre, il avait pris deux fois la potion de Chopart, ainsi que plusieurs autres préparations antigonorrhiques : l'écoulement avait résisté à tout. Les glandes inguinales étaient dans leur état normal. Je lui conseillais de commencer tout de suite les injections, de les répéter six fois par jour et de s'abstenir du coït pour un mois au moins. Je lui conseillais dans le même temps de faire faire des embrocations au vagin à sa compagne de lit avec la même préparation. Cet individu a employé trois bouteilles de préparation, et au bout de vingt jours s'est trouvé parfaitement guéri. Le même est arrivé de la femme; elle me l'a assuré plusieurs fois à l'occasion que je la traitai de maladies de toute autre nature. Cette gonorrhée était aussi de nature maligne à son apparition.

VIe. Cas. — *Paris*, 26 août 1833. Aujourd'hui un gentleman italien, arrivé depuis peu à Paris, vint me consulter pour savoir si mon médicament pourrait convenir pour le débarrasser d'une gonorrhée qui l'incommode depuis dix mois. Monsieur est très effrayé de l'usage des injections urètrales, parce que le docteur Panizzi, professeur d'anatomie à l'université de Pavie, qui l'a traité il y a neuf mois de cette même gonorrhée, lui aurait dit que les injections dans l'urètre étaient toujours dangereuses, et qu'il serait même nuisible d'injecter les liquides les plus émolliens. Je fis observer à M. ***, que cette opinion me paraissait tout-à fait erronée, et que l'urètre qui souffrait continuellement le passage des urines, et souvent celui des cathéthères et des sondes, sans éprouver d'irritation prolongée, pouvait bien admettre sans danger les injections d'une substance muqueuse végétale qui, par une longue expérience, a démontré n'avoir jamais excité par sa présence aucun degré d'inflammation. Interrogé si l'écoulement augmentait ou diminuait en raison de la manière de vivre, il me répondit que la chose arrivait effectivement de cette manière; que quand il voyageait, quand il faisait des excès de table, l'écoulement augmentait extraordinairement, et qu'une fois, s'étant livré pendant deux ou trois heures à l'exercice de l'escrime, il fut dans la journée attaqué d'orchitis qui dura plus d'un mois. Examiné, j'ai rencontré écoulement épais et jaunâtre, sans difficulté ni douleur à émettre les urines. Il n'y avait pas beaucoup de tension urètrale ni rougeur au méat urinaire. L'écoulement n'était pas très abondant. Je lui ai conseillé de commencer tout de suite les injections et de les répéter cinq à six fois par jour pour une semaine, et après venir me voir. M. Mag. est revenu me voir quinze jours après (29 août), pour m'annoncer que l'écoulement était disparu après une semaine d'injections, mais que, depuis deux jours, il avait recommencé, et qu'il ne savait pas s'il devait attribuer cette réapparition à la marche naturelle de la maladie, ou d'avoir vu des femmes quelques jours avant.

Mon opinion fut que l'écoulement serait reparu même sans voir des femmes, parce que les injections n'avaient pas assez continuées. M. M... cette fois s'est soumis sans difficulté aux injections qu'il a continuées pendant dix ou douze jours, après quoi il fut radicalement guéri.

Un mois après, ayant rencontré M. M. chez un ami, il vint à moi pour me dire que depuis vingt jours l'écoulement n'était pas revenu, malgré qu'il avait vu trois ou quatre fois des femmes.

Cette espèce de gonorrhée n'étant pas accompagnée de gonflement et tension permanens de l'urètre, ne doit pas être classifiée dans les gonorrhées malignes.

VIIe. Cas. — 22 Février 1834. Un Parisien, habitant la rue Vivienne, âgé de vingt-quatre à vingt six ans, vint me voir ce matin pour me consulter sur un écoulement urètral qui l'incommode depuis quatre ans. Tout le monde lui ayant dit que la gonorrhée chronique ne se communique pas, il s'est marié il y a huit mois, et sa femme s'est bientôt plaint d'écoulement et de cuissons dans le vagin. Interrogé si pendant cet intervalle de temps il n'a jamais eu de bubons aux aines ou des chancres aux prépuce ou sur le gland, il m'a dit n'avoir jamais éprouvé que des cuissons dans l'émission des urines et particulièrement dans le gland, avec écoulement abondant et érection douloureuse. L'écoulement a été plusieurs fois anéanti, dissipé; mais s'il se laissait aller à boire quelques verres de vin de plus, s'il allait danser, il reparaissait avec une nouvelle intensité; s'il se livrait au coït, le voilà revenu en abondance. Il avait usé d'un grand nombre de remèdes, tels que la potion de Chopart, celle de Guérin, les préparations de Cubebs, et même plusieurs sels mercuriels, et jusqu'au sublimat; mais la *goutte militaire* a résisté à tout. Depuis le mariage l'écoulement était augmenté. Examiné, j'ai rencontré écoulement verdâtre, épais et assez abondant; urètre tendu et sensible à la compression; l'émission des urines est facile, mais accompagnée de sensation de chaleur dans le gland. Je lui conseillai de se soumettre tout de suite aux injections urètrales, comme dans les autres cas, à s'abstenir du coït, et éviter de faire de grandes courses. Je lui conseillai aussi de faire guérir sa femme, moyennant des embrocations dans le vagin: ce qu'il promit d'exécuter.

Le 8 février, ce malade vint de nouveau

me voir, pour me dire que sa femme n'avait plus ni écoulement, ni cuissons vaginales, et que, quant à lui, il ne voyait plus qu'une petite goutte le matin. Désirant savoir s'il aurait pu continuer les injections sans danger, je lui répondis que la continuation des injections était de toute nécessité, sans quoi l'écoulement serait bientôt reparu. Il continua encore pendant douze ou quinze jours à injecter matin et soir. Je le revis le 8 mars; il était venu me consulter pour une légère affection de poitrine; la chemise qu'il usait depuis cinq jours ne portait aucune tache de pus. Ce sujet n'a jamais présenté aucun des symptômes de siphilis; l'urètre non plus ne présentait aucun degré de rétrécissement. La santé générale n'avait pas été attaquée. C'était aussi une gonorrhée maligne.

VIIIe. Cas.—Un de mes amis, les plus intimes, venu dernièrement du Mexique à Paris, vint m'exposer qu'il avait depuis cinq ans un écoulement urètral abondant. Que, à la vérité, il n'avait pas employé beaucoup de médicamens pour s'en débarrasser, parce qu'il ne l'avait jamais beaucoup gêné; mais qu'il était effrayé d'avoir, ou d'être près d'avoir un rétrécissement. Il avait consulté à ce sujet, à son passage à Londres, le docteur *Courtenay*, et il avait même acheté son mémoire sur les rétrécissemens de l'urètre (1). Interrogé si le jet des urines était mince, il me répondit qu'il n'a pas remarqué de diminution dans le jet depuis la maladie. Un jour il vint déjeuner chez moi, et ayant pris beaucoup de thé, il se sentit envie d'uriner, ce qu'il fit en ma présence avec un jet même très plein. M..., fit usage des injections pendant un mois, et fut parfaitement guéri.

IXe. Cas. — *Paris*, 15 juin 1824. Un étranger de distintion me fit appeler à son hôtel aujourd'hui en consultation avec le docteur Mart....., son chirurgien ordinaire. Monsieur avait un écoulement urètral qui résistait depuis cinq ans à tous les traitemens qu'il avait suivi à différentes époques. Arrivé à Paris, on lui avait conseillé de se faire cautériser l'urètre. Cet avis ne lui ayant pas semblé bien raisonnable, il ne voulut s'y

(1) *Pratical observations on strictures of the urethra and rectum, etc.*— By C.-B. Courtenay.— M. D. London. 1829.

soumettre. L'écoulement, ainsi que la chaleur dans l'émission des urines, diminuaient sensiblement s'il s'abstenait de femmes et s'il restait chez lui une grande partie de la journée; mais s'il trouvait l'occasion de rester quelques heures seul avec une belle modiste ou une élégante danseuse, le jour d'après l'écoulement ne manquait pas de revenir en abondance. Examiné, l'écoulement était assez abondant, et l'érection un tant soit peu douloureuse; les glandes inguinales ne furent jamais engorgées; la santé généralement bonne, le tempérament robuste, avec grande prédisposition à l'*amativité*. Je conseillai à Monsieur de faire tout de suite les injections, de prendre quelques bains chauds, et de s'abstenir pendant un ou deux mois de femmes. Monsieur accepta de faire les injections et de prendre tous les bains que j'aurais voulu; mais l'article abstinence ne lui allait pas. Jeune, robuste, et pourvu abondamment d'argent, les jeunes personnes ne lui manquaient pas dans Paris. Ainsi c'était une journée injections et bains, l'autre, une et même deux syrènes, par conséquent deux ou trois fois *le grand acte*. Néanmoins, malgré tous ces désordres, l'écoulement disparut tout-à fait à la fin du mois d'août. Cet étranger fit un nombre infini d'injections, il n'éprouva jamais la plus petite constriction urètrale, ni avant ni après le traitement.

X^e^. Cas. — *Paris*, 26 septembre 1834. Le nommé Ar...., domestique, âgé de vingt-huit ans, d'une forte constitution, me fut adressé aujourd'hui, par M. Morin, pharmacien, rue Laffitte, comme un cas qui résistait depuis dix-huit mois aux nombreux traitemens que plusieurs médecins de la capitale lui avaient conseillé. — Notre homme se trouva infecté d'écoulement et strangurie au second jour de ses noces; il m'assurait n'avoir eu d'autre communication qu'avec son épouse; celle-ci assurait son mari qu'elle n'avait que de simples et innocentes fleurs blanches. Le positif est que M. Morin lui a préparé un nombre infini d'ordonnances que le malheureux avala avec la plus grande persévérance, mais toujours sans résultat. La dernière ordonnance qui émanait d'un médecin de la capitale, qui publia, en 1818, un gros volume sur les maladies siphilitiques, et qui est resté chez moi, comme un exemple mémorable de confusion thérapeutique, contenait en abondance beaume de copahu, sirop de tolu, eau de menthe, extrait de ratanzia, alcool nitrique, eau ferrée, sirop de coings, injection de vin aromatique, injection de sulfate de zinc, etc.; ce qui fut exécuté scrupuleusement, mais toujours sans succès.

Examiné, il présentait écoulement abondant, jaunâtre, épais, avec un peu de tension de l'urètre, et par intervalles peine et chaleur dans l'émission des urines; les glandes inguinales n'ont jamais été engorgées, l'érection toujours douloureuse. Je lui conseillai de faire six injections par jour pendant quatre jours, et après venir me voir. Le 29 septembre Ar... vint me voir: il avait fait dix-huit injections; l'écoulement avait déjà sensiblement diminué; je lui ordonnai de n'en plus faire que trois par jour. Le 5 octobre le malade vint m'annoncer que l'écoulement avait entièrement cessé; car depuis deux jours on ne voyait plus aucune tache sur sa chemise. J'ordonnais à mon malade de faire encore une injection par jour pendant dix jours, puis, pendant deux autres semaines, n'en plus faire qu'une tous les deux jours. Ar... partit pour la campagne. Le 3 novembre il vint me voir pour m'annoncer qu'il était parfaitement guéri; car la compression de l'urètre, exercée le matin à peine éveillé et pendant la journée, ne produisait depuis 10 jours la plus petite sortie de purulence. Je l'adressai à M. Morin pour qu'il lui signifiât sa guérison. Je le vis quelques mois après : son écoulement n'avait jamais reparu.

Je pourrais remplir un gros volume si je faisais ici la narration de tous les cas de gonorrhée chronique que j'ai traités et promptement guéris, pendant l'espace de dix ans, par l'application locale de la préparation sus-indiquée, sans que jamais le plus petit inconvénient soit survenu, ni pendant ni après l'usage des injections.

Mes nombreuses observations sur cette affection m'ont conduit à distinguer trois espèces d'écoulemens chroniques de l'urètre, c'est-à-dire le gonorrhéïque, le siphilitique et le prostatique. Les cas que nous avons rapportés précédemment caractérisent la première espèce. Elle ne peut pas être confondue avec l'écoulement siphilitique, qui tire toujours sa source de la présence d'un ulcère siphilitique dans l'urètre. Cette seconde espèce est assez rare. Sur près de trois centscas de gonorrhées que j'ai eu occasion de traiter, je n'ai découvert que quatre cas d'écoulemens siphilitiques.

La troisième espèce, l'écoulement prostatique, est encore plus rare. C'est un écoulement très clair; c'est comme une solution légère de gomme arabique dans l'eau; elle est toujours accompagnée ou d'engorgement visible de la prostate, ou de sensibilité morbide de la même glande.

Je donnerai, à la fin de cette dissertation, l'histoire des cas que j'ai observés, des deux dernières espèces d'écoulemens.

DE LA GONORRHÉE RÉCENTE.

Nous parlerons à présent de la gonorrhée récente, appelée vulgairement *chaude-pisse*. Nous ne choisirons que des cas accompagnés d'inflammation urètrale bien constatée, c'est-à-dire de gonorrhée virulente, urétrite aiguë, blennorrhagie aiguë, etc.

Ier. Cas.—*Londres*, 20 août 1824. M. Al.., âgé de vingt-six ans, me fut adressé par mon compatriote et excellent ami M. Ambroise Obicini, négociant établi à Londres, et un des hommes les plus bienfaisans que j'ai connu de ma vie, pour l'assister de mes conseils, pour une gonorrhée qu'il avait contracté depuis deux jours. M. Al.. était dans un état d'alarme difficile à concevoir, étant guéri seulement depuis un mois d'une orchitis grave survenue pendant une gonorrhée, et qui l'avait retenu au lit pendant quarante jours.—Examiné, il présentait écoulement abondant, fréquente envie d'uriner, urètre douloureux et tendu, méat urinaire rouge, sensation douloureuse permanente dans le gland, érection très sensible. M... était effrayé de voir revenir l'inflammation des testicules. A cette époque, mes observations ne regardaient que les gonorrhées chroniques ; mais le résultat avait été si prompt et si décisif, que je crus que l'analogie m'autorisait à traiter de même la gonorrhée aiguë : j'ai donc conseillé M. Al... de se soumettre immédiatement aux injections urètrales ; je le fis même commencer en ma présence.

Trois jours après, M. Al... vint me revoir. Il avait fait près de vingt-quatre injections. La fréquente envie d'uriner était dissipée, l'érection n'était plus douloureuse, l'écoulement était moins abondant ; je lui conseillai de continuer encore pendant cinq ou six jours les injections, mais seulement trois fois les vingt-quatre heures. Au bout d'une semaine il était parfaitement guéri. Aucun commencement d'attaque aux testicules n'avait eu lieu ; chose très rare dans les individus qui ont été autrefois affectés d'orchitis.

M. Al... a contracté plusieurs gonorrhées pendant son séjour à Londres. Il riait quand il se voyait infecté ; il commençait tout de suite les injections, sans même me demander d'avis. Cet individu a fait au moins trois cents injections pendant sept à huit ans. Jamais la plus petite inflammation ne s'est éveillée à l'urètre. Ce cas est pour moi d'un grand poids, en faveur de l'innocuité de l'injection de mon médicament.

IIe. Cas. — *Londres*, 20 avril 1826. Un Français, jeune et robuste, employé dans une lithographie, vint me consulter sur l'emploi du médicament de mon invention, pour se guérir d'une gonorrhée qu'il avait contractée depuis vingt jours, mais qui, depuis trois jours, le tourmentait beaucoup, l'érection étant presque permanente et douloureuse. Examiné la localité, il présentait écoulement abondant, fréquente envie d'uriner, et peine à émettre les urines; la verge présentait cet état d'érection courbe, qu'on appelle en Italie *incordatura*. Le jeune homme, qui avait un grand développement du cervelet, avait continué à voir des femmes à droite et à gauche malgré la gonorrhée. C'était seulement depuis trois jours que l'approche des femmes lui était devenue impossible par l'extrême douleur du pénis.

Je le soumis tout de suite aux injections, que j'ai commencé à lui faire exécuter en ma présence, et que je lui recommandais de répéter toutes les trois heures. Je lui recommandai aussi de prendre un bain chaud par jour, et trois fois consécutives, avec diète absolue.

Au troisième jour l'*incordatura* était dissipée, l'excrétion des urines se faisait sans douleur. Huit jours après il était radicalement guéri.

IIIe. Cas. — *Londres*, 5 mai 1827. Un garçon tailleur Allemand ayant eu connaissance de ma méthode de traitement, se rendit chez moi, *King street soho*, pour se faire traiter d'une gonorrhée qu'il avait contractée depuis huit jours. Il présentait écoulement abondant, émission fréquente et pénible des urines, semi-érection permanente, avec contraction douloureuse de l'urètre; il n'avait jusqu'à présent entrepris aucun traitement. Je lui conseillai de commencer tout de suite les injections que je lui appris à faire moi-même (1).

8 Mai. La difficulté d'uriner, ainsi que l'état de contraction de l'urètre, ont disparu. L'écoulement est sensiblement diminué. Il a

(1) Je crois qu'il est de la plus grande importance d'enseigner aux malades la manière de faire les injections. J'ai observé dans ma pratique que plusieurs personnes avaient consommé plusieurs bouteilles sans obtenir de résultats, seulement parce qu'elles ne savaient pas injecter.

fait près de vingt injections en quarante-huit heures. Je lui ordonnai de continuer les injections encore pendant une semaine, mais seulement trois fois par jour. Il n'est plus revenu me voir. J'ai su, deux mois après, qu'il avait guéri en peu de jours. Ce cas est remarquable par le degré d'inflammation et la sensibilité morbide de l'urètre. Le pénis était courbé comme un crochet. Autrefois, dans un cas de cette nature, j'aurais tiré vingt onces de sang du bras et vingt de la localité, et ce traitement n'aurait pas produit, bien assurément, une guérison si prompte et complète dans un espace de temps si court.

IVe. Cas. — *Paris*, 18 décembre 1832. M. G..., réfugié italien, vint m'appeler aujourd'hui pour aller visiter un de ses amis, habitant la rue Saint-Honoré, affecté depuis six jours de gonorrhée, et très-alarmé de sa situation, étant obligé de partir dans peu de jours pour Londres. Rendu chez lui, M. C..., âgé de vingt-six ans et d'une bonne constitution, se trouvait au lit tourmenté d'érection douloureuse et d'émission fréquente et pénible des urines. L'écoulement était abondant, l'urètre tendu et sensible à la plus petite compression. Il se plaignait d'une sensation de chaleur, qui du gland se prolongeait jusqu'au périnée. Je lui ordonnai de prendre un bain chaud tout de suite, et après commencer l'usage des injections, sans employer aucune autre substance médicinale.

Le 23 je fus le voir. Il était bien ; il me dit qu'après avoir fait une ou deux injections, la douleur dans l'urètre, ainsi que l'envie fréquente d'uriner, s'étaient dissipées. Je lui conseillai de continuer les injections trois fois par jour. Le 30 décembre, M. Gola vint me voir de la part de son ami, pour me dire qu'il était parfaitement guéri, et que, voulant partir le lendemain pour Londres, il désirait emporter avec lui quelques bouteilles de la préparation, ce qu'il fit.

V^e^. Cas. — *Paris*, 18 mai 1827. Un jeune homme m'a attendu chez moi, pour ma rentrée du soir, jusqu'à onze heures. Il était affecté de gonorrhée depuis cinq jours. La verge était très enflée, l'urètre tendu et douloureux, l'émission des urines fréquente et pénible, l'écoulement purulent, abondant. Cet individu avait eu l'opération de la circoncision; il se tenait la verge bandagée avec beaucoup de linge, et même assez serrée. Il m'a semblé voir qu'il tenait beaucoup à ne pas laisser voir des taches sur sa chemise. Je lui donnai le conseil de supprimer tout bandage, de prendre immédiatement un bain chaud, puis faire usage tout de suite des injections, et les répéter toutes les quatre heures, ayant l'attention de retenir le liquide quatre ou cinq minutes dans l'urètre. Je lui recommandai aussi de ne pas marcher beaucoup, et de diminuer de moitié sa nourriture.

22 Mai. Le jeune homme est revenu me voir; l'inflammation et l'écoulement étaient tout-à-fait terminés. Je lui conseillai de reprendre sa manière de vivre, et de ne plus faire d'injections que matin et soir, encore pour une semaine.

Ce cas est très remarquable par le degré d'inflammation qui s'était développé. La verge avait trois fois le volume qu'elle présente aujourd'hui.

VIe. Cas. — *Paris*, 6 avril 1833. Aujourd'hui M. K...., négociant italien, est venu me demander mon avis sur un écoulement avec sensation de démangeaison dans le gland, qu'il a depuis hier. Examiné, il présente écoulement abondant, avec rougeur et sensibilité au méat urinaire; l'émission des urines excite une sensation de chaleur tout le long de l'urètre. M. K.... me disait qu'il ne pouvait pas comprendre comment il avait pu contracter la gonorrhée, n'ayant vu qu'une seule femme, deux jours avant, avec ce qu'on appelle vulgairement la *capote* ou *goldon*. Il était très inquiet, étant très occupé, et devant repartir dans une semaine pour l'Italie. Je lui conseillai de ne pas perdre de temps à faire des recherches, mais de commencer directement les injections, et les répéter toutes les quatre heures, pendant les jours de sa demeure à Paris. Ce que M. K... se soumit à faire sans perte de temps.

M. K... est venu me voir tous les jours. L'inflammation et l'écoulement avaient cessé le 9, c'est-à-dire après trois jours d'injections. Il est parti le jour après pour l'Italie.

M. K... est revenu à Paris au commencement de septembre; il vint me voir et me remercier de l'avoir guéri si vite. Le voyage ne lui avait causé aucun désordre; il avait continué à faire quelques injections en route.

Les six cas de gonorrhée récente que j'ai indiqués sont remarquables par le degré d'inflammation qui s'était développé, et dans la membrane muqueuse et dans les corps spongieux. L'*uretritis acuta* était, dans chacun de ces cas, assez caractérisé pour conseiller le traitement le plus énergique. Cependant cette inflammation a disparu plus promptement par l'application du remède dont je fais usage, de ce qu'on aurait pu raisonnablement espérer par l'emploi du traitement antiphlogistique (1). Il me semble donc pouvoir dire avec assurance que l'inflammation urètrale, engendrée par la présence du virus gonorrohéïque, est d'une nature tout-à-fait différente des inflammations qui tirent leur source de l'état phlogistique du sang, ainsi que de l'orgasme du système artèriel. Cette inflammation ressemble, à mon avis, à celle occasionée par la présence des corps étran-

(1) Tous les médecins connaissent la difficulté d'obtenir une prompte résolution dans les inflammations des parties membraneuses, telles que la peritonitis, la cisititis, etc.

gers dans les parties musculaires, et dont l'extraction arrête toujours la marche inflammatoire.

Quelques chirurgiens prétendent encore aujourd'hui que la gonorrhée est une maladie qu'il est dangereux de guérir trop vite, *parce que*, disent-ils, *une répercussion pourrait s'en suivre, qui pourrait donner naissance à une maladie beaucoup plus grave* (1). Mes observations à ce sujet m'ont fait voir tout le contraire. Il est toujours très utile de déraciner au plus vite l'infection gonorrhéïque de l'urètre. J'ai vu bon nombre de gonorrhées récentes guérir en quatre ou six jours, sans qu'un seul individu ait éprouvé aucun des symptômes de la prétendue répercussion.

DES CHANCRES DE L'URÈTRE, OU DES ÉCOULEMENS SIPHILITIQUES.

Jusqu'à nos jours aucun écrivain n'a spécifié, que nous sachions, les écoulemens urétraux, reconnaissant pour cause génératrice la présence d'un chancre urétral. On a

(1) Duboucher, pag. 24.

toujours appelé gonorrhée ou blennorhagie siphilitique la gonorrhée aiguë ou virulente, et on a dit qu'il arrivait quelquefois que la gonorrhée engendrât la siphilis, sans s'informer si dans l'urètre pouvait se rencontrer la présence d'un chancre.

M. le professeur Ricord, un des chirurgiens qui ont fait en France les expériences les plus positives sur la différence essentielle des deux virus gonorrhéiques et siphilitiques, a réussi à prouver par plusieurs exemples d'inoculation que le virus gonorrhéique ou de la blennorhagie, inoculé, ne produit jamais le chancre, et qu'au contraire l'inoculation du pus qui émane du chancre donne toujours origine à un autre chancre. Malgré tout cela on persiste encore, à tort et à travers, à confondre ensemble la siphilis et la gonorrhée, et par conséquent à suivre la même confusion dans le traitement, en remplissant ainsi les malades de mercure, de cubebs, de copahu et cinquante autres préparations, qui sont même bien souvent opposées. Dernièrement on a fait insérer dans un journal médical le cas de quelqu'un qui a prétendu voir une ulcération siphilitique nasale suivre une gonorrhée ; certainement ce n'était qu'un chancre urétral qui avait engendré la siphilis constitutionnelle (1).

Nous allons tracer à présent les symptômes qui indiquent la présence du chancre urétral ; viendront après les cas pratiques qui nous ont constaté la réalité de l'observation.

Le chancre urétral est une affection très rare ; le plus souvent il se développe dans le même temps que la gonorrhée ; ce sont alors les deux infections réunies, telles qu'on les voit souvent chez la femme. (V. l'article *Leucorrhée*, avec double infection, page). Dans ce cas, le chancre reste long-temps imperceptible. La gonorrhée suit son cours, et cesse plus ou moins vite, selon l'énergie du traitement ; le chancre reste, et après quelque temps, il propage son infection aux glandes inguinales externes. La marche du chancre urétral est ainsi toujours plus lente que la marche du chancre extérieur ; la cause est le lavage fréquent que l'urine fait de l'ulcération en emportant souvent dans son pas-

(1) Coriza vénérien consécutif à une blennorrhagie négligée. *Gazette médicale*, 12 novembre 1836.

sage le pus (1) préparé par le chancre. Le gonflement des glandes inguinales est lent aussi. Trois ou quatre glandes de chaque côté gonflent jusqu'à la grosseur d'une fêve, et restent là. L'écoulement urétral est toujours en très petite quantité; les désordres de diète, l'exercice violent ne les font augmenter que très peu. Il arrive tout le contraire de l'écoulement gonorrhéique chronique, dont la muqueuse urétrale est couverte de spongiosités. L'écoulement devient abondant si l'on voyage, si l'on boit un peu plus, si l'on reste toute la nuit avec une femme; rien de tout cela dans le chancre urétral. Quelquefois le chancre urétral s'avance vers l'orifice externe, et alors on n'a pas besoin d'en chercher les symptômes qui montrent sa présence dans l'urètre.

Quelques chirurgiens ont prétendu, après

(1) Ceci s'accorde parfaitement avec les résultats du traitement des chancres du prépuce et du gland : au lieu d'appliquer de la charpie ou des onguens sur les chancres, j'ordonne simplement de les laver avec de l'eau tiède cinq à six fois par jour, de manière à ne jamais laisser séjourner localement le pus qui émane du chancre. De cette façon jamais les chancres ne se multiplient autour du gland, et ils s'élargissent très peu.

les expériences de M. Ricord, que toutes ces recherches devenaient inutiles quand, avec l'inoculation, on pouvait tout de suite vérifier la nature du pus ; et à cet égard ils proposent d'inoculer tout bonnement sur la même personne en plusieurs endroits le pus qui sort de l'urètre, pour voir si son inoculation engendre des chancres. Nous avons eu déjà plusieurs fois occasion de nous opposer à ces sortes d'expérimentations, par la raison qu'il n'est pas douteux que plus les points d'infection sont nombreux, plus les dangers de l'empoisonnement siphilitique sont graves; ainsi, si un malheureux qui a déjà un ou deux chancres à l'urètre s'inocule de nouveau en différens endroits le venin siphilitique, certes il ne peut pas manquer de saturer par ce moyen son système lymphatique de poison vénérien, et s'attendre bientôt à des conséquences graves; car pour vérifier l'essence du chancre, il ne faut pas moins de cinq à six jours d'action sur l'épiderme, et même après cet espace de temps on est encore incertain du diagnostic, lorsque le fond de l'ulcération n'a pas acquis cette base jaunâtre lardacée qui constitue le caractère spécial du chancre. La réponse que la cautérisation exécutée immédiatement après la reconnaissance du chancre emporte tout le poison n'est d'aucune valeur, car il arrive très souvent d'observer que les symptômes d'infection générale surviennent même après avoir soigneusement, et à plusieurs reprises, cautérisé les chancres à leur première apparition. Ce moyen n'est donc admissible d'aucune manière dans la recherche des signes qui dénotent la présence du chancre urétral : l'expérience étant plus dangereuse que la maladie même, et les symptômes indicateurs d'ailleurs très aisés à saisir.

Cas d'écoulement par présence du chancre urétral.

Ier Cas. — *Londres*, 26 juillet 1826. Un jeune homme italien, venu à Londres pour son amusement, contracta dans les premiers jours de son arrivée une gonorrhée qui fut suivie de bubon à l'une des deux aînes, ce qui l'obligea de garder le lit près de quarante jours. Monsieur avait été traité par un médecin anglais. Ne pouvant pas guérir d'un reste d'écoulement, il me fit appeler chez lui pour savoir si je le débarrasserais de ce reste, désirant retourner en Italie en bon état de santé. Il y avait près d'un mois qu'il avait abandonné toute sorte de traitemens et qu'il sortait tous les jours.

Visité, j'ai trouvé écoulement épais, jaune, sans tension de l'urètre ni inflammation à son orifice. Les urines venaient aisément. Il se plaignait seulement de sensation de chaleur au gland dans leur émission. Trois ou quatre des glandes inguinales étaient engorgées et du volume d'une fève, mais sans sensibilité morbide. Je fis observer au malade que bien que je supposasse que l'écoulement provenait d'un ulcère siphilitique dans l'urètre, j'aurais néanmoins désiré le soumettre aux injections pour m'assurer de la présence du virus gonorrhéïque. Les injections continuées pendant six jours ne produisirent aucun résultat ; je l'ai alors soumis à l'usage journalier du sous-muriate de mercure, d'après la formule suivante : *Recipe hydrargyri submuriatis pulverati grana ij ; sacchari albi pulver. gr.* x. *Misce. Dentur doses tales æquales* xx. *Sumat unam singulis diebus summa mane ante alimentum.*

Après vingt jours il n'en prenait plus qu'une dose tous les deux jours. Au quarantième jour tout était terminé. Vers le vingtième jour du traitement l'ulcère s'était approché visiblement du méat urinaire, de manière à ne plus laisser de doute sur la nature de l'écoulement.

IIe Cas. — *Paris*, 8 juin 1833. Un étranger qui loge à l'hôtel de Lyon, rue Grenelle-Saint-Honoré, me fit appeler chez lui ce matin pour avoir mon avis sur un écoulement urétral qui a résisté à l'usage des injections du médicament de mon invention. Monsieur avait été guéri, il y a quarante jours, de plusieurs chancres au prépuce : il n'avait jamais eu d'écoulement urétral. Seulement, après avoir vu dernièrement une fille publique, il lui était survenu un écoulement contre lequel il avait employé les injections en question, mais sans résultat. Examiné, j'ai rencontré écoulement avec engorgement et sensibilité exaltée des glandes inguinales. Je lui conseillai de prendre deux bains tièdes par jour, pour deux ou trois jours, afin d'éviter le bubon ; dans ce même temps de prendre le matin, à jeun, trois grains de sous-muriate de mercure, et de laisser pour quelques jours la nourriture animale et les exercices de la marche. L'irritation des glandes inguinales cessa au bout d'une semaine, après quoi il ne prit que quatre grains de sous-muriate tous les deux jours. Le traitement fut continué pendant vingt jours, après quoi on ne lui donna plus qu'une dose de cinq grains chaque semaine. La guérison était complète à la moitié de septembre. L'ulcère siphilitique de l'urètre s'était avancé vers la fin de juin à l'orifice urétral.

Mes observations sur le traitement des chancres m'ont conduit à ne donner aux malades, pendant les premières semaines, qu'une dose de sous-muriate par jour, réglé dans ses proportions de manière à exciter un peu de mouvement intestinal, c'est-à-dire deux ou trois évacuations alvines journalières. Cette méthode n'excite jamais d'irritation mercurielle ni à la bouche, ni au système cérébral.

IIIe Cas. — *Paris*, 9 octobre 1833. M. W., homme de lettres, me fut adressé par M. Balin; ce malade me disait avoir contracté, il y a un an, une gonorrhée très bénigne, contre laquelle il n'avait employé aucun traitement médical. L'écoulement n'a jamais été abondant ; mais comme cet état morbide lui fait craindre des conséquences fâcheuses, il s'est adressé à M. Balin, qui lui conseilla les injections de mon médicament ; ce qu'il fit en effet, mais sans résultat. Je l'examinai, il présentait léger écoulement sans tension de l'urètre ni rougeur du méat urinaire. Les glandes inguinales des deux côtés étaient engorgées et sensibles à la compression. Je lui conseillai de commencer tout de suite l'usage du sous-muriate de mercure, et de prendre quelques bains chauds afin d'ôter le danger de voir quelques-unes des glandes engorgées se changer en bubons, l'écoulement urétral n'étant que l'effet de la présence d'un petit chancre dans l'urètre. Je n'ai plus entendu parler de ce monsieur. Je suis persuadé que dans quarante ou cinquante jours tout était terminé.

IVe Cas. — *Paris*, 9 octobre 1835. Un chef de cuisine d'un des plus grands établissemens du Palais-royal est venu ce matin me consulter sur un écoulement urétral qu'il a depuis un an, et qui a résisté à tous les traitemens. Cet écoulement ne l'a pas, à la vérité, beaucoup gêné jusqu'ici, car il ne fut jamais accompagné d'érection douloureuse, ni de difficulté d'uriner ; cependant, comme il a en vue de se marier dans peu de temps, il désirerait être débarrassé de cet ennuyeux reste, avant de s'approcher du lit nuptial. Interrogé s'il avait les glandes engorgées, il me répondit négativement. Je lui conseillai alors de commencer de suite les injections, trois fois par jour pendant une semaine, et venir après me communiquer les résultats. Je lui défendis de voir des femmes et lui recommandai d'éviter toute sorte de libertinage pendant le traitement.

Le 12, mon chef vint de bon matin chez moi pour m'annoncer qu'il avait suspendu les injections, car, ayant bien examiné ses aînes, il avait senti quelque chose qui ressemblait à des glandes gonflées, et qu'il lui semblait alors avoir depuis long temps. En l'examinant je rencontrai en effet à l'aîne gauche trois glandes lymphatiques de l'ordre extérieur, engorgées et de la grosseur d'une fève ; le côté droit n'en présentait que deux de la même dimension et également indolentes. Interrogé s'il pensait que ces glandes eussent enflé seulement depuis quelques jours, il me répondit qu'il pensait qu'elles existaient depuis long-temps, car, n'ayant eu aucune sensation de leur développement, il pense qu'elles ont grossi peu à peu. Je lui conseillai de prendre deux bains chauds, un par jour, et de marcher le moins possible ; car, si le gonflement était l'effet d'une irritation récente, il disparaîtrait promptement par ce traitement.

Le jeune homme revint la semaine suivante ; les glandes étaient dans le même état, l'écoulement était également peu abondant. Cet état de choses m'autorisa à considérer l'écoulement en question comme ayant sa source dans la présence d'un chancre urétral. Je prescrivis en conséquence trois grains de calomel anglais par jour : le mettre sur la langue et l'avaler après, moyennant quelques gorgées d'eau froide, et le continuer pendant quinze jours ; le suspendre seulement dans le cas d'irritation aux gencives.

Le malade revint le 3 novembre. L'écoulement avait presque cessé ; c'étaient seulement de toutes petites taches sur la chemise ;

les glandes inguinales avaient aussi diminué, leur volume ne dépassait pas celui d'un grain de maïs Je conseillai à mon jeune homme de prendre seulement une dose de calomel tous les trois jours pendant encore une trentaine de jours ; à la fin du mois tout était disparu. Il fit son mariage, et tout se passa en bon ordre, malgré de copieuses libations, et les combats réitérés de la première lutte nuptiale.

Ce cas est très caractéristique ; l'écoulement n'a jamais été abondant, pas d'inflammation locale, inutilité de la prise de deux grandes boîtes de capsules de copahu, aucun résultat non plus de plusieurs onces de cubebs, engorgement continuel des glandes iuguinales ; ce symptôme ne se rencontre jamais dans les gonorrhées, même les plus anciennes, quand il n'y a pas de chancre urétral. Les glandes enflent quelquefois au commencement de la gonorrhée, mais leur inflammation n'est jamais lente et cède facilement à l'usage des bains.

Je vis quelques mois après le même sujet pour d'autres dérangemens ; tout était dans l'état normal dans l'appareil de la propagation.

Si, dans le cas en question, on eût pratiqué l'inoculation afin de vérifier la nature du virus urétral, nous opinons que nous aurions mis en danger l'existence de notre malade; car par l'inoculation de la siphilis nous eussions à coup sûr multiplié les foyers d'empoisonnement, et nous n'aurions après aucune assurance d'extirper par la cautérisation toute source d'infection. Car il nous arrive tous les jours de cautériser profondément les chancres du prépuce et du gland au premier jour de leur apparition, sans pouvoir arrêter la propagation du virus aux glandes lymphatiques inguinales, et par conséquent d'être obligés de faire suivre à ces personnes un traitement mercuriel. Nous repoussons donc de toute conscience le conseil de l'innocuité de l'inoculation de la siphilis comme une expérience pleine de conséquences funestes.

Les symptômes caractéristiques de l'écoulement urétral siphilitique sont ainsi : écoulement modéré et constamment uniforme, manque de tension et de sensibilité morbide de l'urètre, avec engorgement permanent des glandes inguinales. Dans la plupart des cas, le chancre est tout près de l'orifice urétral. Les injections de la préparation en question produisent toujours, dans les cas de cette nature, une sensation extrêmement douloureuse, qui pourtant n'a pas de suite. Il y a aussi des cas, mais très rares, où les deux infections se trouvent réunies à la fois. Il faut alors commencer par les injections, puis faire suivre l'usage du sous-muriate de mercure.

Un phénomène assez remarquable, que j'ai quelquefois rencontré dans le traitement de la gonorrhée récente ou chronique par les injections, est celui de voir se substituer à l'écoulement gonorrhéique une espèce de sécrétion muqueuse qui simule parfaitement la persistance de la gonorrhée, mais qui disparaît promptement à la suspension des injections.

La première observation de cette nature m'est arrivée à Londres, dans la personne d'un libraire qui avait été guéri autrefois par les injections de ma préparation. Ce monsieur vint se plaindre de ne pouvoir pas se débarrasser cette fois de la gonorrhée par les injections. Il en attribuait le manque d'effet à la présomption d'adultération de la mixture de la part du pharmacien. Je lui préparai alors moi-même la mixture, et je me rendis chez lui pour faire exécuter en ma présence les injections; deux jours après il vint me voir; la sécrétion, à ma grande surprise, continuait, sans pourtant présenter d'autres symptômes qu'un écoulement abondant... Je fis suspendre tout à fait les injections pour voir ce qui arriverait; quatre jours après, tout avait spontanément disparu sans plus revenir. La même chose m'est arrivée plusieurs fois à Paris, et entre autres j'eus avec le docteur Balin le cas d'un clerc d'avoué affecté d'une gonorrhée très ancienne, qui, après avoir éprouvé aux premiers jours de l'injection la presque totale disparition de l'écoulement, vit se reproduire en abondance la sécrétion sans cause connue; il multiplia alors les injections, mais sans effet : il en avait consommé quatre flacons, quand le docteur Balin fit supprimer les injections et lui fit prendre de l'émulsion d'amandes douces. L'écoulement disparut au cinquième jour et ne se laissa plus voir. Le docteur Balin avait été un moment tenté d'attribuer ce résultat à l'émulsion, quand m'ayant communiqué le fait, je lui expliquai le phénomène, et il en fut promptement convaincu.

Il est donc de règle générale de supprimer pendant trois ou quatre jours l'usage des injections, lorsque après en avoir fait un certain nombre on verra l'écoulement persister. Au quatrième jour, ordinairement tout disparaît sans la concurrence d'aucune autre substance médicinale.

De l'écoulement prostatique.

Je n'ai enregistré qu'un seul cas de cette nature depuis que je suis dehors de l'Italie ; il m'est arrivé de l'observer dans les derniers jours de mon séjour à Londres.

Londres, 28 juin 1830. — M. H., Anglais, professeur de musique, ayant entendu parler de mon spécifique contre la gonorrhée, est venu aujourd'hui me consulter s'il pouvait s'en servir dans un cas d'écoulement qu'il avait depuis quatre mois. Examiné, j'ai retrouvé écoulement abondant, clair comme une solution légère de gomme arabique, l'urètre sans tension ni douleur, seulement une espèce de tumeur au périnée lui donnait quelque peine en marchant. Il avait suivi pendant plusieurs mois différens traitemens, mais sans utilité. L'écoulement et la douleur au périnée augmentaient s'il montait à cheval. Je lui fis observer que les injections n'auraient peut-être conduit à aucun résultat, parce que l'écoulement ne paraissait pas avoir le caractère gonorrhéïque, mais que pourtant il n'y avait rien à craindre de leur application, et même on aurait en quelque manière mis plus à découvert la nature de l'affection.

M. H. s'est soumis aux injections, mais sans effet. Il les a continuées pendant six jours. Il est revenu me voir. Tout était en *statu quo*. Il m'a apporté du linge couvert de taches d'écoulement; elles ne présentaient ni relief ni la couleur gonorrhéïque. La tumeur du périnée était dans le même état. Je lui ai conseillé de prendre journellement un bain chaud avec du sulfure ammoniacal, et de faire une friction mercurielle au périnée tous les deux jours. Je suis parti quelques jours après pour la France.

D'après les différentes observations que nous avons rapportées sur la nature des différens écoulemens de l'urètre et sur les moyens employés pour la prompte guérison de chacune des espèces sus-mentionnées, nous pourrons conclure que tous les doutes relatifs à l'hétérogénéité des virus gonorrhoïque et siphilitique doivent cesser entièrement; étant prouvé, jusqu'à la dernière évidence, que le virus gonorrheïque n'attaque jamais le système lymphatique ni les os, mais tout simplement l'urètre, et principalement sa membrane muqueuse (1); tandis qu'au contraire, le virus siphilitique ne manque jamais de se répandre dans le système lymphatique, et ensuite d'attaquer tout l'organisme animal.

Les observations de Charles Bell sur la nature du virus gonorrhéïque correspondent tout à fait avec ce que nous avons observé dans les nombreux cas de gonorrhées chroniques, qui ont été confiés à nos soins depuis douze ans.

(1) Nous croyons que la strangurie et l'orchitis, qu'on observe survenir quelquefois à la suite de la gonorrhée, ne sont que le résultat de la propagation du progrès inflammatoire de l'urètre.

DE LA GONORRHÉE FÉMININE OU LEUCORRHÉE, ET DES FLUEURS BLANCHES.

Je ne dirai que peu de mots sur la leucorrhée récente, ou gonorrhée féminine aiguë. Cette affection est très répandue dans les classes inférieures, et elle est toujours l'effet de l'inoculation du virus gonorrhéïque dans les parties génitales de la femme. Cette maladie se communique même de femme à femme par la manusturpation et autres libertinages. J'ai connu trois sœurs qui s'infectèrent réciproquement : ce fut l'aînée qui la communiqua aux deux autres. Bon nombre de femmes sont infectées par des hommes ayant la gonorrhée chronique, dite goutte militaire ou perpétuine, qui est, quoi qu'on en dise, toujours contagieuse, même dans cette période.

La cause de cette erreur est de voir que beaucoup d'individus affectés de gonorrhée chronique ne la communiquent pas aux femmes qu'ils voient habituellement ; ce phénomène s'explique facilement si l'on veut observer que la maladie en question ne donne ordinairement qu'une seule goutte de pus dans les vingt-quatre heures, et précisément après la nuit, de manière que la grosse goutte gonorrhéique ne se rencontre que le matin aussitôt le réveil, et est bientôt emportée par le passage des urines accumulées pendant la nuit dans la vessie, et dont on sent immédiatement le besoin de se débarrasser. Ainsi si l'accouplement n'a pas lieu précisément dans ce moment de présence de pus dans l'urètre, assurément l'inoculation morbide n'a pas lieu, car l'infection n'arrive que par le contact de la purulence, soit dans la gonorrhée, soit dans la siphilis.

La leucorrhée est aussi bénigne ou maligne : la première ne se laisse apercevoir que par une légère chaleur dans les parties, avec très peu d'écoulement ; ces symptômes disparaissent en trois ou quatre jours avec quelques bains, l'abstinence d'exercice et de nourriture irritante ; la seconde se présente toujours par des fortes cuissons dans la vulve et même dans le vagin, par l'émission fréquente et douloureuse des urines, et par un écoulement jaunâtre, épais et abondant ; bien souvent il y a aussi du gonflement local qui rend la marche très douloureuse.

Si on explore les parties on rencontre une forte chaleur à la vulve et au vagin, avec des taches rouges foncées, de l'écoulement, et quelquefois du gonflement.

La leucorrhée aiguë ou virulente fut considérée jusqu'ici pour être d'une guérison très difficile. M. Ricord qui, en fait de ces sortes de maladies, est une très bonne autorité, a dit que *sur cent femmes* affectées de leucorrhée, quarante passaient à l'état chronique, et soixante guérissaient en vingt jours, ou en un et deux mois (1). Nous déclarons sur notre honneur que pas un seul cas de leucorrhée récente n'a manqué de guérir radicalement en huit jours de temps, par le moyen d'embrocations et de tamponnemens locaux faits avec de la charpie trempée dans la préparation, et par l'usage simultané de deux à trois bains chauds universels.

(1) *Journal des connaissances médico chirurgicales*, 4e livraison, décembre 1833 : article *Blénorrhagie*, signé Ricord.

Cas de leucorrhée récente.

Londres, 20 mai 1817.

Ier Cas.—M. C. me pria d'aller avec lui visiter une femme de chambre qui lui avait communiqué une gonorrhée. Arrivé près d'elle, et l'ayant explorée, j'ai retrouvé l'intérieur du vagin très chaud et recouvert de taches rouges. Elle se plaignait de fréquentes envies d'uriner et de fortes cuissons dans l'émission, l'écoulement était épais et abondant. Ayant porté avec moi une bouteille de préparation, je lui fis faire, en ma présence, des embrocations dans le vagin avec de la charpie trempée dans le liquide; je lui ordonnai dans le même temps de les renouveler toutes les deux heures pendant trois ou quatre jours. Au troisième jour, Mademoiselle n'avait plus ni écoulement ni cuissons; je lui recommandai tout de même de répéter encore pendant quelques jours les embrocations matin et soir. J'ai vu plusieurs fois cette demoiselle chez M. C.; elle était enchantée de se voir guérie avec tant de facilité et en si peu de temps.

IIe Cas. — *Londres*, 30 mai 1827. Une Anglaise, femme d'un mécanicien, est venue me voir pour se faire traiter d'un écoulement abondant qui lui était survenu vingt-quatre heures après avoir couché avec quelqu'un. Cette femme me disait avoir grand besoin d'être guérie le plus vite possible. Visitée, j'ai rencontré écoulement, chaleur et rougeur à l'intérieur du vagin, avec fortes cuissons dans l'émission des urines. Je lui ordonnai de prendre un bain chaud d'une heure, et de commencer après les embrocations au vagin en retenant de la charpie trempée dans la préparation pendant plusieurs heures de suite. Trois jours après la dame revint me visiter pour savoir si elle pouvait voir un homme sans danger de lui communiquer la maladie ; elle n'avait plus ni écoulement ni cuissons. Je lui conseillai tout de même d'éviter le coït encore pour deux ou trois jours et de répéter les embrocations. Cette dame était parfaitement libre et rassurée de toute conséquence une semaine après.

IIIe Cas. — *Paris*, 19 février 1836. Une femme de chambre allemande, qui demeure chez un de mes amis, vint aujourd'hui chez moi pour me prier de la guérir le plus tôt possible d'un écoulement qui lui est survenu depuis deux jours, et qui est accompagné de cuissons et de fréquentes envies d'uriner : Mademoiselle craint que ce ne soit quelque mauvaise maladie, car elle lui est justement arrivée vingt-quatre heures après avoir eu une trop coupable faiblesse pour quelqu'un qu'elle sait être un vrai libertin.

Explorée, je rencontrai forte chaleur à la vulve et au vagin, avec des taches d'un rouge foncé, et un écoulement épais et abondant... Je conseillai à mon Allemande de commencer tout de suite les injections et les embrocations au vagin et à la vulve avec de la charpie trempée dans la préparation, en ayant soin d'en renouveler l'application de trois en trois heures.

Cette demoiselle ne manqua pas d'exécuter le tout avec la plus grande régularité ; je la vis le 22 du même mois chez son maître ; elle vint à ma rencontre, tout heureuse de n'avoir plus ni écoulement ni cuissons. Je lui conseillai cependant de répéter encore matin et soir, pendant une semaine, une injection et le tamponnement, après quoi elle pourrait en toute sûreté accorder ses faveurs à ses différens amis.

J'ai eu encore plusieurs fois l'occasion de voir la demoiselle en question dans le courant de quatre ou cinq mois; jamais l'écoulement n'avait reparu, malgré que la chasteté ne fût pas beaucoup du goût de cette créature.

IVe Cas. — *Paris*, 17 mai 1836. M. G., étranger, qui avait eu autrefois occasion de connaître la propriété de ma préparation, vint aujourd'hui chez moi, très effrayé d'avoir communiqué à certaine bourgeoise mariée une bonne gonorrhée. M. G. avait, à la vérité, depuis trois à quatre jours une sensation de titillation au gland, accompagnée d'un tout petit suintement; mais il était bien loin de penser que ce fût une gonorrhée, car la personne qu'il voyait habituellement passait à ses yeux pour une femme sentimentale, très attachée aux principes d'une constante fidélité. Je lui fis observer qu'il était inutile de faire des investigations, l'infection étant pleinement constatée; et d'ailleurs il devenait très important de guérir au plus vite la dame ; car le mari visitant de temps à autre conjugalement son infidèle moitié, il pouvait facilement arriver qu'il s'infectât, et que ce phénomène inattendu altérât sérieusement les relations amicales de toute la joyeuse société. Je conseillai donc à mon libertin de ne pas perdre de temps, et de faire commencer tout de suite à la dame les embrocations à la vulve et au vagin, en l'assurant qu'elle serait guérie en trois jours, si le traitement était suivi avec persévérance. M. G. vint me voir trois jours après, très satisfait de la prompte guérison de sa nouvelle conquête : son suintement s'était développé dans cet espace de temps ; mais il en fut bientôt débarrassé par l'usage des injections qu'il avait déjà commencées : ses connaissances pratiques là-dessus n'ayant plus besoin de mes conseils.

DE LA LEUCORRHÉE CHRONIQUE ET DES FLUEURS BLANCHES.

Cas très remarquables de leucorrhée chronique.

Ier Cas. — *Paris*, 18 octobre 1834. Une blanchisseuse des Batignolles me fut adressée aujourd'hui par Mme D., tapissière, afin d'avoir mon avis sur un écoulement qui la tourmente depuis trois ans. Cette femme âgée d'environ trente ans, mariée, et d'un assez bon tempérament, se trouva, il y a près de trois ans, incommodée d'une forte chaleur aux parties avec un besoin continuel d'émettre les urines, et d'un écoulement jaunâtre abondant. Cette dame se rappela qu'à la même époque son mari avait aussi un écoulement; car ses chemises étaient très collées à leur partie antérieure inférieure. Un pharmacien des environs lui fit prendre des tisanes, en lui disant que ce n'était qu'un échauffement. L'écoulement est devenu permanent depuis cette époque; il augmente toujours à l'approche de la menstruation, et il est également très abondant pendant cinq à six jours après la cessation des règles. Il en est de même lorsque cette pauvre blanchisseuse est obligée de se rendre à Paris pour y chercher le linge de ses pratiques. L'augmentation de l'écoulement est toujours accompagnée d'une démangeaison si cuisante à l'intérieur du vagin, que cette dame, en rentrant chez elle, est obligée de se faire des fomentations émollientes tièdes et locales, et de se jeter immédiatement sur le lit pour les calmer. En masse l'écoulement est augmenté depuis deux ans. Cette femme a beaucoup maigri, et éprouve fort souvent de grands maux d'estomac (*cardialgies*), Cette dame remarque que de temps à autre il sort des parties génitales une matière épaisse, glutineuse, blanchâtre, qu'il est très difficile d'ôter du vagin. Explorée avec le spéculum de Lisfranc, je découvris une forte excoriation couverte d'une mucosité blanchâtre qui occupe la partie médiane gauche du vagin, et que la malade reconnaît tout de suite pour être précisément le siége de la déchirante démangeaison dont elle est si souvent tourmentée. Les contours du museau de la matrice sont aussi recouverts de la même papulosité. Je cautérisai le tout immédiatement avec le nitrate d'argent sans que la malade témoignât aucune peine de cette opération ; j'ordonnai les injections jusqu'à la matrice, et le tamponnement du vagin avec de la charpie trempée dans la préparation, de répéter le tout quatre fois par jour, et de s'abstenir de la copulation, ainsi que de toute autre cause d'irritation locale, et d'éviter également les liqueurs alcooliques et les forts exercices de la marche.

Le 4 novembre la blanchisseuse vint me voir. Les démangeaisons avaient de beaucoup diminué ainsi que l'écoulement ; les pelottes de charpie, qui sortaient les premiers jours couvertes d'une grande quantité de mucosité, n'en portent que très peu à présent. Je conseillai à ma cliente de ne plus faire qu'une injection avec tamponnement, matin et soir.

Je vis encore deux fois la personne en question ; je cautérisai derechef le col de la matrice, et tout s'est dissipé dans l'espace de deux mois, la cardialgie a disparu, et l'embonpoint est bientôt revenu. Le poison gonorrhéique s'était, dans ce cas, infiltré dans la matrice, et engendrait cette espèce d'écoulement filamenteux très aglutinatif, qui est le symptôme caractéristique de l'infection utérine.

Cette femme avait des habitudes de grande propreté, et néanmoins l'infection avait attaqué tout le vagin et la matrice. Un chirurgien, qui n'aurait pas observé beaucoup de cas de cette nature, aurait avancé à la première exploration que la matrice était ulcérée. Cette même personne me fit observer qu'elle voyait assez souvent son mari sans que celui-ci se trouvât infecté de nouveau. M. Ricord opine que c'est une espèce d'habitude qui rend invulnérables les individus qui ont de fréquentes communications avec les femmes attaquées de la leucorrhée. Nos lecteurs trouveront à la fin de cet article les causes positives de ce phénomène.

IIe Cas. — *Paris*, 24 octobre 1835. Madame M., artiste, me fit appeler aujourd'hui chez elle pour demander mon avis sur un écoulement vaginal, qui l'incommode depuis huit ans, et qui lui cause de fortes cardialgies et quelquefois une telle faiblesse, qu'elle n'a pas la force de chanter, ni même de marcher.

Madame observe que son écoulement augmente sensiblement quand elle voyage, quand elle danse, ou qu'elle fait un tant soit peu la libertine : la même chose arrive à l'approche de la menstruation, et continue également pendant cinq à six jours après sa cessation. Un symptôme qui la gêne beaucoup pendant cette augmentation d'écoulement, c'est une démangeaison très cuisante dans le vagin, qui résiste aux fomentations, aux injections émollientes et même aux bains, et qui diminue avec l'écoulement, mais qui ne cesse jamais en totalité.

Cette dame a pris un nombre infini de médicamens soit intérieurement, soit extérieurement, mais sans succès. Madame est effrayée dans ce moment parce qu'elle éprouve de la douleur dans l'émission des urines, et voit quelques traces de sang sur le linge à essuyer : elle redoute quelque maladie plus grave.

L'introduction du speculum me présenta à la partie médiane gauche du vagin une large excoriation papuleuse, dont la mucosité fut bientôt emportée par mon doigt sans qu'on y découvrît ni excavation ni bords. Madame déclara immédiatement que c'était justement là le siége de la démangeaison. La bouche de la matrice ainsi que le col étaient également couverts de la mucosité en question. La cause de la douleur à l'émission des urines se retrouvait dans la présence d'une assez forte écorchure à l'orifice urétral. Les fonctions de la menstruation étaient régulières et sans coliques ni hémorrhagies. Je cautérisai immédiatement l'excoriation du vagin, ainsi que la partie de la matrice couverte de la papulosité sus-indiquée, sans que la malade donnât aucun signe de douleur; j'ordonnai après de faire des injections profondes trois fois par jour avec la mixture antileucorrhéique, et tamponner ensuite le vagin avec une pelote de charpie bien imbibée de préparation, et attachée à un fort fil, afin de l'extraire avec facilité du vagin.

Ayant vu cette dame vingt jours après, elle m'assura que tout allait à merveille, car les démangeaisons avaient tout à fait disparu; et la pelote qui, dès les premiers jours, sortait, après six heures de séjour, toute couverte d'une mucosité épaisse et souvent filamenteuse, n'en présentait que très peu depuis deux jours. (Ce phénomène forme toujours le criterium de l'améliora-tion de la leucorrhée.)

Je conseillai à Madame de continuer encore pendant deux mois les injections et le tamponnement deux fois par jour; car sans cela l'écoulement revient toujours après vingt à trente jours de suspension des injections.

Dans ce cas aussi la matrice était infectée du poison gonorrhéique, et donnait de temps à autre cette matière filamenteuse et glutineuse qui sort toujours avec difficulté des parties génitales (1).

J'ai cautérisé encore deux fois les contours de la bouche de la matrice, et vers la moitié de janvier tout avait disparu. Cette leucorrhée, ainsi que la précédente, ne laissaient aucun doute sur leur origine: elles étaient le résultat de l'inoculation de la gonorrhée masculine.

(1) Ce symptôme n'a encore été décrit par aucun praticien comme caractéristique de l'affection utérine.

DES FLUEURS, OU FLEURS BLANCHES.

Je n'entends pas parler ici des fleurs blanches ou écoulemens blanchâtres qu'on voit souvent survenir après les couches aux femmes qui ne nourrissent pas leurs enfans. Dans ce cas c'est une espèce de métastase laiteuse qui arrive, et le lait qui disparaît des mamelles sort pendant quelque temps par la matrice. Cette affection se dissipe facilement par l'usage des purgations, et par l'abstinence de nourriture succulente.

Les fleurs blanches dont nous allons donner ici la description sont celles qui gênent et font dépérir lentement un grand nombre d'habitantes des grandes villes, et même les plus chastes et les plus honnêtes, sans qu'on puisse découvrir la cause de ce phénomène; car ce n'est pas une suppuration ni une ulcération de la matrice qui leur donne origine (1), ni une gonorrhée aiguë, ni des ulcérations syphilitiques; d'ailleurs elles n'ont jamais eu de contact qu'avec leur mari, et ce mari est

(1) La menstruation n'est jamais dérangée dans ces cas, ni précédée ou accompagnée de coliques utérines, comme il arrive dans les affections profondes de la matrice.

un homme sage et moral, qui n'aurait jamais approché de son épouse, si le plus petit symptôme de maladie s'était développé dans ses organes de la procréation. Cette maladie se développe peu à peu, l'écoulement est presque insensible pendant les premiers mois ; il augmente après, il produit des démangeaisons ; la personne s'affaiblit, perd l'appétit et la fraîcheur, et est sujette à la fin à des coliques utérines et à de fréquens tiraillemens d'estomac.

De longues recherches sur ce sujet m'ont donné la conviction que tous ces écoulemens sont le résultat du peu d'attention que prennent les hommes de toutes les conditions à la cure de la gonorrhée chronique, appelée vulgairement *goutte militaire* ou perpétuine, et que par malheur la plus grande partie des médecins croient n'être d'aucun danger dans les relations les plus intimes de l'homme et de la femme. La première preuve en faveur de cette opinion est que les fleurs blanches sont très-rares chez les femmes campagnardes (1), par la seule raison que les go-

(1) Il n'en est pas de même des femmes des campagnes à

norrhées sont très-rares chez les paysans qui vivent loin des capitales. Ainsi l'observation très-commune que l'homme affecté d'écoulement chronique ou goutte militaire n'infecte pas les femmes avec qui il a des relations n'est d'aucune valeur, car on sait que dans ce cas la sécrétion urétrale étant en très petite quantité, la chance d'exécuter la copulation au moment de la présence du pus vénéfique dans l'urètre est assez difficile, et par conséquent l'événement d'infection très-rare. Il en est de même de l'homme qui cohabite avec une femme infectée de leucorrhée chronique. Si la copulation arrive lorsqu'il y a peu de matière d'écoulement dans le vagin, l'homme n'est pas infecté; si au contraire il y a beaucoup d'écoulement, ou que l'homme reste long-temps en contact avec le vagin, il est alors inoculé, et deux jours après malade. C'est ce qui arrive tous les jours chez les femmes galantes; elles n'infectent pas leurs habitués, elles infectent l'amoureux plein du feu de la nouveauté, lors-

peu de distance de Paris et de Londres : il y en a au contraire un grand nombre d'infectées.

qu'elles passent avec ce dernier quelques heures au lit.

Un jeune chirurgien de ma connaissance, qui vit habituellement avec une étrangère affectée de fleurs blanches, se trouva deux fois infecté de gonorrhée sans vouloir se persuader que sa maladie était l'effet de l'inoculation exécutée pendant la copulation avec cette femme. Il y a même un grand nombre de cas où les femmes de qui on a attrapé la gonorrhée ont été déclarées saines par des médecins, soit par manque de connaissances, soit par l'effet de la complaisance. Je répète donc, en théorème, que toutes fois qu'on se trouve attaqué de gonorrhée ou blennorrhagie, il est de toute certitude qu'on a communiqué avec une femme infectée, bien que l'état d'infection de cette personne ne soit pas aisément constaté.

Cas de fleurs blanches.

Ier Cas. — *Paris*, 30 octobre 1836. Une dame mariée, âgée de vingt-six ans, me fait appeler chez elle aujourd'hui pour avoir mon avis sur un écoulement dont elle est incommodée depuis cinq ans, et qui n'était presque rien dès la première année, mais qui est allé rapidement en augmentant, de manière à ne pouvoir à présent faire une médiocre promenade, ni passer une nuit au bal, sans voir le lendemain son écoulement augmenter ; il en arrive de même à l'approche de la menstruation et pendant quelques jours après sa cessation. Cette dame souffre des maux d'estomac, et a beaucoup maigri depuis deux ans; elle ne peut pas imaginer comment cette maladie lui est survenue, son mari ayant toujours été sain et bien portant, et elle n'ayant eu de relations qu'avec lui. Le mari est également surpris de voir sa femme avec un tel écoulement, et lui toujours sain et propre.

Explorée avec le speculum de Lisfranc, le col et les lèvres de la matrice se présentent comme vernissés d'une espèce de crême épaisse et blanchâtre ; le vagin présente aussi deux légères excoriations couvertes de la même substance. Interrogée si la menstruation est précédée ou accompagnée de coliques, Madame me répondit négativement. Elle me fit observer que la matière de son écoulement après la menstruation est si épaisse et glutineuse, qu'elle rencontre beaucoup de difficulté à l'extraire des parties génitales. Interrogée ensuite si au commencement de la maladie elle avait éprouvé une forte chaleur dans les parties, avec peine à émettre les urines, elle me répondit n'avoir jamais souffert aucune affection de cette nature.

Je me suis immédiatement appliqué à nettoyer la bouche et le col de la matrice de la mucosité épaisse qui les recouvrait, après quoi je cautérisai le tout avec le nitrate d'argent : je prescrivis ensuite l'usage des injections et du tamponnement à répéter trois fois par jour, en suspendant le tout à l'apparition de la menstruation. Je visitai encore quatre ou cinq fois la dame en question dans l'espace de deux mois ; la cautérisation ne fut répétée que trois fois.

Au commencement de décembre 1836 tout écoulement avait disparu ; les pelotes de charpie sortaient propres comme au moment de les poser, tandis que pendant les premiers jours elles sortaient comme enveloppées de deux blancs d'œufs. Une chose remarquable, c'est que les évacuations alvines sont devenues régulières quand elles étaient très-difficiles et lentes.

La dame a promptement repris son embonpoint.

Le mari, interrogé par moi en secret, me dit en effet qu'il avait souffert plusieurs gonorrhées avant de se marier, et qu'il lui était resté pendant quelques années même après le mariage un tout petit suintement, qui de temps à autre laissait une ou deux petites taches sur la chemise; mais que tous les chirurgiens l'avaient assuré que c'était une chose sans conséquence.

IIe Cas. — *Paris*, 26 novembre 1836. Mme M..., âgée de vingt-huit ans, mariée depuis sept ans à un rentier, se trouva quelque temps après son mariage avec un tout petit écoulement dont elle ne prit aucun soin, croyant ce nouveau phénomène le résultat des suites du mariage. Madame devint bientôt enceinte, et accoucha heureusement d'un gros garçon; mais l'écoulement resta; une autre grossesse survint, elle fut également heureuse. L'écoulement augmenta depuis cette époque de manière à lui faire perdre son embonpoint, et lui causer par intervalle de fortes cuissons aux parties. Effrayée à présent, elle me fit appeler pour lui donner mes soins. Ayant interrogé séparément le mari, il m'assura n'avoir jamais eu de maladies depuis son mariage. La dame, malgré sa beauté, est considérée pour une personne sage, pleine d'honneur et d'affection pour son mari. Madame ayant une grande répugnance à se soumettre à l'exploration, je lui conseillai de commencer l'usage des injections utérines et du tamponnement, car Madame aussi élimine souvent des parties génitales la matière gluante, épaisse et caractéristique d'infection utérine. Depuis cette époque, Mme M... ne devint plus enceinte, malgré la cohabitation avec un mari sain et très-capable à la procréation. J'attribue ce phénomène à l'infection utérine. Il en est arrivé de même à la dame dont j'ai parlé dans l'article précédent.

Mme M... continua l'usage des injections et du tamponnement pendant trois mois deux et trois fois par jour, ne laissant d'autres intervalles que les jours de la menstruation. Madame se trouva parfaitement guérie après trois mois de traitement; son amélioration fut très-rapide. Après quinze jours d'injections, la pelote, qui sortait auparavant comme enveloppée dans un blanc d'œuf, sortait presque sèche de toute matière blanche. Je pense que cette personne ne peut pas manquer de reprendre les fonctions de la conception. Je pense aussi que cette dame devint malade par suite d'un reste de blennorrhagie chronique de son mari, qui eut plusieurs de ces maladies avant son mariage.

Les deux cas en question étaient considérés comme incurables par la plupart des médecins qui les avaient traités, et par les malades elles-mêmes.

Pour les injections utérines nous nous servons d'une seringue longue et mince, dont l'introduction au milieu du speculum n'empêche pas l'action visuelle de l'opérateur qui entreprend de porter l'injection dans la matrice.

Il nous reste à dire quelques mots sur l'usage des préparations mercurielles dans les affections syphilitiques *incipientes*. D'abord nous devons déclarer d'avance que nous considérons le mercure comme le seul remède capable de procurer la guérison sûre et radicale des affections syphilitiques, c'est-à-dire du chancre, du bubon, des exostoses et des dartres syphilitiques.

Nous avons vu aussi, comme tant d'autres médecins, des chancres bénins se dissiper sans autre traitement que quelques bains. Dans ce cas pourtant il est très-difficile de décider si on a devant soi un chancre ou une simple excoriation. Nous avons aussi constaté pendant une pratique de vingt ans que le virus syphilitique est devenu moins corrosif et moins pénétrant, et qu'il cède aussi plus facilement au traitement mercuriel le plus léger. On rencontre à présent bien des cas de chancres stationnaires; autrefois le chancre le plus bénin se dilatait du double, du triple en peu de jours.

Il est très-utile de cautériser le chancre à son apparition; même il n'y a aucun danger à lui faire subir cette opération après une semaine d'existence. L'application locale permanente d'onguens, charpies et autres, fait toujours du mal; elle entretient le contact du pus syphilitique; elle fait augmenter la corrosion locale, et bien souvent elle engendre de nouveaux chancres. Nous recommandons quelques bains universels et le lavage local avec de l'eau tiède légèrement savonnée cinq à six fois par jour. Nous avions déjà remarqué que dans les personnes habituées à une grande propreté, les chancres ne faisaient jamais de ravages; ils se dilataient bien moins, et n'augmentaient jamais de nombre. Il arrive tout le contraire chez les ouvriers habitués à ne se laver que les mains et la figure. Dans l'espace de six à huit jours, ces derniers ont le gland et le prépuce couverts de chancres.

La préparation que je préfère depuis dix ans pour le traitement de la syphilis soit *incipiente*, soit ancienne, est le calomel anglais dont on n'a pas encore réussi à en obtenir de la même forme et qualité sur le continent. Son usage, à la dose de trois grains avec dix grains de sucre, produit un léger mouvement intestinal; ses effets sont plus rapides et plus certains que par toutes les autres préparations. Cette petite poudre est posée sur la langue et avalée ensuite moyennant deux ou trois cuillerées d'eau.

On en prend à jeun une dose par matin pendant huit jours ; après on en prend une seule tous les deux jours, et aussitôt que la cicatrisation arrive, une seule dose par semaine pendant trois mois, si le système lymphatique a été visiblement infecté, c'est-à-dire si les glandes inguinales ont grossi.

Ce traitement si simple m'a toujours réussi, et ne produit jamais la terrible inflammation des gencives et des parotides, qui est toujours un symptôme très-dangereux dans les personnes délicates ; il a aussi l'avantage de vous assurer de la quantité du métal que vous introduisez dans le système lymphatique ; ce qui n'arrive pas par l'usage des frictions ni même par l'usage des différentes préparations mercurielles données en pilules, car ces dernières sortent bien souvent intactes avec les excrémens à cause de leur dureté, et les frictions n'introduisent que très-peu de mercure ou trop, et rapidement il vous survient des perturbations graves, ou la maladie continue ses ravages sans pouvoir en comprendre la cause.

Il y a quelques années, un jeune homme vint me consulter pour un chancre très-corrosif qu'il avait au milieu de la verge. Il avait fait vingt frictions, il avait pris quatre boîtes de pilules de la préparation d'Hanneman. Le chancre tout de même avait continué à se dilater comme si rien n'avait été fait; l'urètre était à découvert, la verge était ainsi menacée de tomber; je le mis à l'usage du calomel, contre l'opinion de plusieurs médecins et du malade même, qui pensaient qu'il n'y avait plus qu'à recourir au sublimat. Après vingt jours de calomel à une seule dose par jour, la végétation avait presque comblé toute l'érosion; en deux mois tout était cicatrisé; le malade a continué pendant trois mois encore à prendre une dose de calomel par semaine. Le gonflement des glandes inguinales s'est dissipé pendant cet espace de temps, et depuis lors ce monsieur s'est marié avec une Anglaise, et aucun symptôme de syphilis n'a jamais paru ni sur son corps, ni sur celui des nombreux fruits de son mariage.

J'ai eu à consulter en Italie pour une dame affectée d'obstruction hépatique (Mme Rovida), à laquelle on avait fait faire quarante frictions mercurielles en deux mois, sans qu'on ait vu blanchir ses bagues (1) ni irriter les gencives ou les glandes salivaires. On voit par ces deux cas qu'il n'est pas rare que le mercure ne soit absorbé par le système lymphatique cutané; par conséquent les les résultats sont très-incertains.

Quant au désordre que la sursaturation mercurielle excite, nous craignons surtout les affections cérébrales, les céphalées les plus graves; les épilepsies en sont souvent la suite, sans parler des suppurations des gencives et de la perte des dents. Le docteur Matthias (Anglais) a peut-être trop exagéré les maladies mercurielles. Tout de même son ouvrage sur ce sujet mérite d'être consulté. C'est une erreur de considérer la salivation mercurielle comme utile à la guérison de la syphilis. Il faut au contraire, aussitôt qu'un peu de chaleur paraît aux gencives, suspendre le mercure, et donner quelques potions purgatives; cela arrête toujours l'inflammation, et rend la guérison plus aisée.

Quant à la nature de la préparation qui

(1) Ceux qui font usage de calomel sont sûrs de voir blanchir leurs boucles d'oreilles ou bagues d'or ou dorées, après sept à huit doses.

forme le sujet de nos observations, relativement à la guérison de la gonorrhée et des fleurs blanches, nous croyons devoir encore pour quelque temps refuser de communiquer au public cette composition.

Nous vivons dans une époque où toutes les distinctions sociales tirent leur source uniquement de la propriété. Il est donc de toute justice que chacun fasse de sa propriété ce que bon lui semble.

Dans d'autres temps l'individu qui se consacrait à l'étude des sciences médicales, et qui, après de longs et pénibles travaux, obtenait certains degrés scientifiques, jouissait, d'après la loi, de plusieurs distinctions et priviléges qui le dédommageaient, en quelque manière, des fatigues et des sacrifices qu'il avait soutenus.

La civilisation moderne a pensé détruire toutes ces sortes de priviléges. L'exercice des sciences médicales a été considéré comme l'exercice d'une industrie, et comme tel on l'a soumis aux patentes, taxes, etc. La situation d'un médecin serait ainsi inférieure à celle d'un mécanicien, d'un fabricant, qui peut jouir en paix, au milieu de la communauté, des profits de ses inventions sans être traité de charlatan, d'homme avare et insatiable.

En Angleterre comme en Amérique, chacun peut avoir une école de médecine, et, à l'instar des Grecs, établir dans sa maison le porticus scolatique. Son exercice même n'est plus soumis à aucune des entraves que les lois avaient établies. C'est à l'individu qui a besoin des conseils d'un médecin de choisir celui qui lui semble avoir le plus d'instruction ou de capacité.

L'opinion publique le lui indique toujours, et c'est bien rare qu'elle ne soit pas acquise aux hommes de haute capacité. La même chose arrive relativement à la propriété des médicamens secrets. C'est toujours au jugement public qu'il appartient de décider de leur utilité. La loi ne se mêle en rien dans cette sorte de relations.

De longues recherches m'ont persuadé de la justesse de l'axiome de la moderne école économique, qui dit que *moins les transactions sociales sont contrôlées ou entravées par l'intervention de la loi, plus de bien il en résulte pour la communauté.*

Nous nous sommes entretenu un peu plus

que nous ne l'avions désiré sur cet article des inventions et des capacités supérieures, parce que cette matière forme depuis quelque temps le sujet d'une discussion peut-être trop passionnée, et de la part du public et de la part d'un grand nombre de médecins de la capitale. Le premier en condamnant trop légèrement les hautes rétributions supérieures dans les connaissances médicales en récompense de leurs travaux, et les seconds en voulant attribuer l'inégale répartition de demandes de travail médical à l'influence des remèdes secrets.

PARIS, IMPRIMERIE DE L. B. THOMASSIN ET COMP., RUE DES BONS-ENFANTS, 34.

www.ingramcontent.com/pod-product-compliance
Ingram Content Group UK Ltd.
Pitfield, Milton Keynes, MK11 3LW, UK
UKHW020253220726
13923UKWH00002B/917

9 782019 64859